전생부터 다시

홍성은 장편소설

FUSION FANTASTIC STORY

Re Pre Life

전생부터 다시 1

홍성은 장편소설

초판 1쇄 찍은 날 § 2017년 3월 20일
초판 1쇄 펴낸 날 § 2017년 3월 27일

지은이 § 홍성은
펴낸이 § 서경석

편집책임 § 이지연

펴낸곳 § 도서출판 청어람
등록번호 § 제387-1999-000006호
등록일자 § 1999. 5. 31
어람번호 § 제1-2657호

주소 § 경기도 부천시 부일로 483번길 40 서경B/D 3F (우) 14640
전화 § 032-656-4452 팩스 § 032-656-4453
http://www.chungeoram.com
E-mail § chungeorambook@daum.net

ISBN 979-11-04-91241-2 04810
ISBN 979-11-04-91240-5 (세트)

1

전생부터 다시

홍성은 장편소설

FUSION FANTASTIC STORY

Re Pre Life

전생부터 다시

Re Pre Life

목차

프롤로그

삶이란 건 고단한 법이다.

그렇다고 죽는 게 더 낫다고는 말하지 않겠지만, 죽지 않기 위해 발버둥 치는 것이 고단하지 않다고는 역시 도저히 말할 수 없다.

되새겨 보면, 첫 번째 삶도 고단했다. 밑바닥부터 시작했으니 말이다. 도중까지는 꽤 인생이 잘 풀렸다고는 하지만, 결국 수명이 다해 침대에 누워 헉헉대는 건 상당히 고단했다.

그럼에도 불구하고 죽는 건 싫었다.

죽는 걸 막을 수야 없었다. 수명이 다한 걸 어떻게 하겠는가?

하지만 죽은 채로 계속 있는 건 싫었다. 그렇게 모든 걸 끝내고 싶지는 않았다. 어중간하게 이룬 게 있다 보니 그런 마음은 더욱 강했다.

그래서 다음 삶을 바라게 되었다. 이 세계가 아니더라도 좋으니 대마법사 로렌 하트인 채로 두 번째 삶을 살고 싶었다.

그래서 뭔가 했다. 뭘 했는지는 잘 기억나지 않지만, 아마도 그 수단과 방법에 대해 잊는 것이 대가였으리라. 어쨌든 그 뭔가는 성공했다.

두 번째 태어난 건 다른 세계였다. 마법이 없는 세계에서 대마법사의 기억을 가진 채로 세계에 오직 단 하나뿐인 마법사로 살아가는 것은 사실 꽤나 즐거웠다.

그런데 문제가 생겼다.

세계가 멸망해 버렸다.

본 적도 없는 괴물들이 나타나 모든 것을 부숴 버렸다.

마법의 힘으로 어찌어찌 살아남긴 했지만, 혼자 살아남아 봐야 의미가 없었다.

끝도 없는 굶주림과 고독. 죽는 게 더 낫다 싶을 정도였다.

그럼에도 불구하고 죽는 건 역시 싫었다.

그래서 뭔가 또 해보기로 했다.

바라건대, 부디 이번에도 성공하기를.

1장
밑바닥부터 다시

그는 눈을 떴다. 온몸이 아팠다.

"으… 아파."

'커헉' 하고 거친 숨을 몰아 내쉬고는, 그는 상반신을 일으켰다.

주변은 어두웠다. 아무것도 보이지 않았다.

"그래도 아파……. 아프다는 건… 살아 있는 건가?"

그 순간, 그는 헉, 하고 급히 숨을 삼켰다.

"나, 나는 누구지?"

순간적으로 떠오르지 않았다. 위기감이 그의 머릿속에서

경고음을 울려대었다.

그러나 그것도 길지는 않았다.

"그래, 나는……."

그는 기억을 떠올려 냈다.

"마법사, 였어."

기억이 밀물처럼 그의 속에 흘러 들어왔다.

"나는 한국인… 지구인, 서울 사람, 이름은 김진우… 아니, 그렇지 않아."

그렇다고 문제가 다 해결된 건 아니었다.

"내 이름은 로렌 하트. 대마법사! …크으윽!"

흘러 들어오는 기억은 한 사람의 기억이 아니었다. 적어도 두 사람 분량의 기억이었다. 그리고 그 기억들은 차곡차곡 쌓여, 시간 열대로 재배치되었다.

"나는 로렌 하트, 동시에 김진우. 가장 처음에 로렌 하트로서 살다가 지구에 김진우로 환생했어. 그리고 김진우로서 로렌 하트의 전생의 기억을 떠올려서… 마법사가 되었다."

지구인 중에는 다른 마법사가 없었고, 그래서 김진우는 독특한 자신의 능력을 살려 꽤 잘나가는 인생을 보내고 있었다.

그러나 그것도 길지 않았다.

지구가 멸망해 버렸다. 이상한, 어디서 온 건지도 모르는 괴물들이 인류를 멸망시켜 버렸다. 살아남은 건 마법의 힘을 지닌 김진우뿐이었다. 지구에 혼자 남겨진 김진우는 굶주림과 외로움을 견디다 못해서…….

과거로 돌아오기 위해 마법을 사용했다.

전생 회귀의 마법.

김진우로서의 시간을 끝까지 되감고, 아예 그 이전까지 되감아 전생으로 돌아오는 마법.

그 마법이 성공적으로 이뤄졌다면 그는 대마법사가 되기 전 시절의 로렌 하트가 되어 있을 터였다.

"그, 그럼 성공한 건가?"

반사적으로 빛 마법을 사용해 주변을 밝히려고 해보았지만, 지금의 그에게는 한 톨의 마력도 남아 있지 않았다.

그러나 무엇보다 그것이야말로 큰 성공의 방증이었다.

로렌 하트나 김진우와 달리 지금의 그는 마법을 배운 적이 없는 12살 소년이었다.

"성공했어! 성공… 흐윽……!!"

지금의 그가 지닌 가장 선명한 기억은 분명히 로렌 하트가 어렸을 때의 기억이었다. 그것이 바로 몇 분 전의 기억처럼 느껴진다.

뜨거운 눈물이 어린 그의 뺨을 타고 흘렀다.

시간을 되돌려서 로렌 하트가 대마법사가 되기 전의 시대로 돌아온다. 사실 말이 안 되는 주문이었다. 김진우와 로렌 하트는 전생과 환생으로만 연결된 별개의 존재였으니까.

생각해 보면 말장난 같은 가설이었다. 기억을 가진 채로 시간을 되돌리다니. 그것도 전생까지 돌아오다니. 이런 게 가능할 거라고 누가 믿었겠는가. 이 세계의 그 어떤 고명한 마법사라도 믿지 않으리라. 대마법사였던 전성기의 로렌 하트조차도 말이다.

그런데도 그는 해냈다. 희망의 끈이 이어졌다. 어찌 감격하지 않을 수 있을까.

그러나 그 감격도 금방 식었다. 그저 희망의 끈이 이어졌을 뿐이다. 이제는 앞으로 어떻게 해야 할지 생각해야 할 때였다.

소매로 눈물을 닦아낸 그는 어둠 속에서 기억을 되짚어가며 자신의 기억 속에서 쓸 만한 정보를 끌어내려고 애썼다.

"내 이름은… 아직 로렌 하트가 아니지. 그건 마법사가 된 후에나 얻은 이름……. 지금은 그냥 빠른 손이로군."

물론 '빠른 손'이란 건 그의 부모가 붙여준 이름이 아니다. 그의 소매치기 솜씨가 기가 막혀서 붙여진 별명이었다.

애초에 그에게 부모 같은 건 없었다. 아니, 살과 피로 이뤄진 생물인 이상 생물학적 부모야 있겠지만 그게 누군지는 모른다. 고아였으니까.

"또… 뭐?"

다음 순간, 그의 움직임이 멈췄다. 숨조차 멈췄다. 죽은 것은 아니다. 충격으로 인해 굳어버린 그는 한숨을 천천히 토해내었다.

"종족은… 인간."

다시 한 번 기억을 확인해도 확실했다.

지금의 그는 인간이었다.

* * *

김진우의 전생, 로렌 하트는 엘프였다.

그러나 지금의 그, 12살 난 소년인 빠른 손의 종족은 인간이다.

인간이라는 게 나쁘지는 않았다. 좋냐 나쁘냐고 물으면 오히려 좋은 편에 속한다. 똑같은 고아 출신에 뒷골목의 소매치기라도 태생이 인간이라면 로어 엘프보다는 나았다.

로렌 하트는 엘프이기는 했지만 그중에서도 로어 엘프라고 불리는 분파로, 그리 인식이 좋은 종족은 아니었다. 로어 엘프는 조금이라도 지체 높은 자라면 손에 닿는 것조차 불결하게 여기는, 흔히 말하는 불가촉천민이었다. 그야말로 밑바닥 중에서도 밑바닥이라 칭할 만했다.

다만 문제는 다른 곳에 있었다.

"변수가 생겼어."

그는 전생으로 회귀하면서 마법 능력도 모조리 잃어버렸다. 그런 그가 가진 유일한 장점이라면 앞으로 무슨 일이 일어날지 안다는 것 정도다.

그런데 지금의 그에게 로어 엘프가 아닌 인간으로 바뀌어 버리는 변수가 생겼다.

하나를 보면 열을 안다는 속담이 여기에 잘 들어맞는다고는 할 수 없지만, 굳이 끼워 맞추자면 이렇다.

과연 변수가 하나뿐일까? 혹시나 다른 변수가 생기지는 않았을까?

그렇게 생각하게 되는 건 자연스러웠다.

"으……."

그는 바들바들 떨리는 손가락 끝을 반대쪽 손으로 잡았다.

지금의 그는 연약하기 짝이 없는 존재였다. 이미 한 번 겪어봤기 때문에 잘 알고 있었다.

로어 엘프에서 인간이 되었다 한들, 현실적으로는 크게 달라진 게 없었다. 도시 뒷골목을 돌아다니는 시궁창 쥐 같은 존재. 그게 이름도 없어 별명인 빠른 손으로 불리는 소년이었다.

이 가혹한 세계에서 그의 목숨은 파리 목숨과 비교해도 가치가 크게 다르지 않았다. 기사 하나가 그냥 걸어가다 아무 이유 없이 목을 쳐도 하소연도 못 하는 게 그의 처지였다.

그런데 '앞으로 어떤 일이 일어나는지 안다'는 메리트까지 제거당한다면? 대체 무엇이 그의 생존을 담보해 줄 수 있단 말인가?

"아니, …아니야."

순간적으로 패닉에 빠져서 최악의 경우까지 떠올리고 말았지만, 사실 상황은 그렇게까지 나쁘지는 않았다. 12살까지의 기억을 되새겨 본 결과, 아직까지 차이점은 종족뿐이었다.

전생의 로렌 하트도 고아였고, 빠른 손이라는 별명을 가졌고, 소매치기였다. 그가 외운 전생 회귀 주문이 뭔가 잘못되고 뒤틀려서 그를 엘프가 아닌 인간으로 만들어놓긴 했지만, 적어도 '이제까지는' 바뀐 게 없었다.

그렇다면 그가 가진 무기, '앞으로 어떻게 될지 안다'는 능력도 그렇게까지 많이 손상되지는 않았을 거라는 추측도 가능했다.

"추측이라는 게 문제지만… 이거야 원."

살얼음판 위라지만 그는 아직 물에 빠지지는 않았다, 그렇게 비유할 수 있겠다.

"여긴 감옥의 독방이로군. 어제 잡혀 와서 두들겨 맞고 여기 갇혔어."

눈을 뜨자마자 온몸이 아팠던 건 맞아서 그랬다. 어제도 소매치기를 하고 잘 도망쳐 왔지만, 마을의 경비대가 그의 은

신처에 미리 덫을 쳐두고 기다리고 있었다. 바로 도망치려고 한 그를 붙잡은 경비대원들은 이번에야말로 버릇을 고쳐주겠다며 두들겨 패고 독방에 처넣었다.

그래도 다행히 뼈가 부러지거나 하지는 않았다. 몸 이곳저곳을 점검한 그는 안도의 한숨을 푹 내쉬었다.

이 이후에 어떻게 되는지에 대해 그는 미간을 찌푸려 가며 떠올리려고 애썼다. 이미 한 번 겪은 일이라고는 하지만 워낙 오래전 일이다. 쉽게 떠오르지는 않았다.

그때였다. 머리 위에서 인기척이 들렸다.

'맞아, 여긴 지하실이었지.'

그는 숨을 죽였다. 끼이익, 하는 소리와 함께 머리 위에서 빛이 들어왔다. 그는 갑작스러운 빛에 적응하기 위해 눈을 질끈 감았다.

"야, 빠른 손, 살아 있냐?"

키득거리는 남자 목소리에 그는 눈을 게슴츠레 떴다. 그의 그런 얼굴을 보고 남자는 웃어대었다.

"표정이 그게 뭐야? 어쨌든 살아 있다니 다행이로군. 어제 대장이 심하게 패던데. 대장 지갑이라도 건드렸냐?"

"아, 아닙니다."

"야, 쫄지 마, 멍청아. 너하고 나 사이잖아."

남자는 친근한 듯 말을 걸었지만 그는 손끝이 떨리는 걸 숨기느라 필사적이었다.

그 남자에게서 그가 느끼고 있는 감정은 공포였다.

남자의 이름은 티슨. 20세, 인간이다. 경비대의 일개 대원이기도 하지만, 사실은 이 남자가 빠른 손의 '보스'였다.

티슨은 뒷골목의 시궁쥐들을 일부러 내버려 두는 대신 매달 상납금을 거둔다. 빠른 손은 그런 티슨의 '관리'를 받는 시궁쥐 중 하나였다.

물론 그러다가도 경비대원으로서의 실적이 필요해지면 가끔씩 시궁쥐들의 은신처를 습격해 잡아들이기도 한다. 지금처럼 말이다.

상납금도 바치는데 이렇게 잡혀와 두들겨 맞기도 해야 하다니. 부조리한 거래였지만 원래 강자와 약자 사이에 제대로 된 거래가 성립하는 쪽이 훨씬 드물다.

"밥 먹을 때 됐지? 배고프지 않냐?"

티슨의 말을 듣자 그의 배가 대신 대답하듯 꾸르륵하고 울었다. 티슨은 유쾌하게 웃었다.

"대장이 너한테 밥 갖다 주라고 해서 내려왔어."

그러나 티슨의 양손은 비어 있었다. 그의 몫이 되어야 할 음식을 티슨이 먹어치웠기 때문이다.

"그러니까 혹시 대장이 물어보면 받아먹었다고 대답해라."

티슨의 목소리에 약간의 위협이 더해졌다.

"예."

그는 얌전히 대답했다. 티슨에게 밥 달라고 따져봐야 뭐 달라질 게 없다는 걸 그는 잘 알고 있었다. 기껏해야 얻어맞기나 하겠지.

"그래, 그래야지."

티슨은 흡족한 듯 고개를 끄덕였다.

"그럼 수고해라."

뭘 수고하란 건지는 모르겠지만, 티슨은 그렇게 말하고 쪽문을 닫았다. 다시 지하실 독방은 어둠 속에 잠겼다.

"아, 이 뒤에 어떻게 되는지 기억났다."

그는 떠올렸다. 이제 배가 고파서 뭐라도 먹으려고 몰래 기어나갔다가 경비대 대장에게 붙잡혀서 또 두들겨 맞을 차례였다.

한참 패던 대장이 왜 탈옥했냐고 물어서, 배고파서 그랬다고 대답했다가 먹보란 소리나 듣고 다시 갇힌 후에 티슨에게 또 한바탕 몽둥이찜질을 받게 된다.

"하… 진짜 밑바닥 인생이구만."

티슨에게 먹을 걸 빼앗겼다고 고발해 봐야 변할 건 없었다. 대장은 이상할 정도로 티슨을 신뢰하고 있었으니까. 대체 뭘 어떻게 구워삶은 건지…….

"아!"

그 순간, 그는 전생에서는 깨닫지 못했던 것을 이번에는 깨달았다.

"그 상납금이 대장에게 간 거로구나."

티슨이 스무 명이 넘는 뒷골목 소매치기들을 관리해 꽤 거액의 상납금을 만지면서도, 죄수에게나 줄 저질 음식을 훔쳐 먹을 정도로 굶주렸던 이유를 떠올리자면 그 정도밖에 떠오르지 않았다.

"어휴……."

앞뒤가 너무 딱딱 맞아드는 상상 때문에 소름이 돋은 그는 자신의 팔을 손바닥으로 문질러 대었다. 그러자 때가 나왔다.

"……."

그냥 다 싫어진 그는 그냥 자리에 털퍼덕 주저앉았다.

그런다고 일단 존재감을 과시하기 시작한 허기가 어디로 도망갈 리는 없었다.

"후……."

그는 그 자리에서 가부좌를 틀고 정신을 집중하기 시작했다. 어차피 이미 배고픔에는 지겨울 정도로 익숙해져 버린 그였다.

*　　　*　　　*

"역시 잘 안 되는군. 인간이라 그런가."

긴 한숨을 내뱉으며 그는 중얼거렸다. 그가 지금껏 한 것은 마력 생성을 위한 명상이었다. 불을 태우기 위해서는 장작이 필요하듯 마법을 사용하기 위한 자원으로는 마력이 필요하다.

로어 엘프는 비록 이 세계에서 불가촉천민 취급을 받는 종족이지만 마법이라는 과거의 위대한 유산을 사용하기에 적합한 재능을 지니고 있다. 하지만 인간은 그렇지 못하다. 영 효율이 좋지 않았다.

"이 마력으로는… 매개가 필요하겠군. 매개, 매개……."

그는 독방 바닥을 손바닥으로 훑어 찾았다. 작은 돌멩이 몇 개와 새끼손가락만 한 나무토막 하나를 찾았다. 돌멩이들은 주머니에 집어넣고, 나무토막을 왼쪽 소매에 숨겼다.

"헉, 헉……."

얻어맞은 채 이틀째 아무것도 못 먹고 갇혀 있기만 한지라, 이 정도만 했는데도 숨이 턱까지 차올랐다. 이 상황이 웃겨서 그는 킥킥거렸다.

"대마법사였던 양반이… 쓸 수 있는 마법이라곤 마법 화살 한 발뿐이라니."

그야 아직 12살밖에 안 된 데다 마법에는 적성도 없는 인간 꼬맹이니 당연했다. 아니, 사실은 아예 마법을 못 쓰는 게 정상이다. 로어 엘프였던 로렌 하트조차 지금 시기엔 마법의 기초조차 몰랐다.

그래도 지구를 구해보겠다고 이렇게 전생에까지 시간을 거슬러 올라와서 한다는 게 어두컴컴한 독방 바닥을 손바닥으로 쓸어대다가 지쳐서 헉헉대는 거라니 웃지 않곤 배길 수가 없었다.

그렇다. 지구를 구한다. 그것이 그의 궁극적인 목표였다.

김진우는 대마법사가 되지 못했다. 인간이라는 생물은 엘프에 비해 수명이 짧았고, 설령 충분한 시간이 있었다 한들 그가 대마법사가 되기 전에 괴물들이 쳐들어와 버린다. 그것이 그가 김진우의 어린 시절로 시간을 되감지 않은 이유였다.

전생에까지 시간을 되돌린 이유도 사실 단순했다. 김진우로서의 인생을 반복하는 것만으로는 답이 나오질 않으니, 더 많이 시간을 되돌려 보자는 발상이었다.

물론 지금의 로렌 하트, 아니, 빠른 손이 또 김진우로 환생하리라는 보장은 없다. 하지만 실낱같은 가능성이라도 있는 건 전생 쪽이었다.

그렇기에 돌아왔다.

"진짜… 말도 안 되는 발상이지."

크크큭, 하는 웃음이 절로 새어 나왔다. 다른 방법이 없었다. 그 생각은 지금도 변함이 없었다. 그럼에도 자기가 생각하기에 터무니없는 발상이라 역시나 웃음이 나왔다.

다음 순간, 그는 웃음을 뚝 멈췄다. 머리 위에서 발소리가 들렸기 때문이었다.

그가 숨죽인 채 잠자코 상황이 돌아가는 걸 지켜보고 있노라니, '끼이익' 하는 소리와 함께 쪽문이 열리고 티슨이 내려왔다.

그런데 이번에는 티슨 혼자가 아니었다. 누군가가 같이 내려왔다.

"여기 있습니다, 나리. 말씀드린 그놈입니다."

티슨의 목소리가 먼저 들렸다.

나리라 불린 사람의 모습은 횃불의 빛에 눈을 찡그리느라 제대로 확인하지는 못했지만, 그는 남자의 정체를 알고 있었다.

남자의 정체는 그레고리 남작의 마부였다.

사실 경비병인 티슨과는 같은 평민이다. 그럼에도 티슨이 마부에게 나리니 뭐니 존칭을 써주는 이유는 마부가 귀족의 피고용인이기 때문이다. 모시는 주인에 따라 하인의 '급' 또한 달라진다고 믿는 티슨의 속물적인 근성의 발로라고 할 수 있었다.

한 번 탈출했다가 다시 붙잡혀 두들겨 맞는 과정을 생략하기는 했지만, 여기까지는 그가 알고 있는 대로 상황이 움직이고 있었기에 그는 내심 안도의 한숨을 내쉬었다.

"빠른 손, 맞나?"

"예. 맞습니다, 나리."

물론 지금의 빠른 손은 남자의 정체를 모르는 게 정상이므로, 모르는 척을 해야 했다. 그래서 그는 냅다 티슨의 말투를 따라했다.

하기야 뒷골목에 나뒹구는 소매치기 시궁쥐라 하더라도 평민이긴 했지만, 같은 평민이랍시고 마부에게 정말로 반말을 했다간 이 자리에서 바로 시체가 될 수도 있었다.

"자네의 손 기술이 괜찮다 들었네."

마부의 말을 들은 그는 바들바들 떨었다. 사실 연기였지만 실제로 목숨이 걸린 일이었으므로 꽤나 자연스럽게 떨렸다.

그가 마부에게 공포심을 품는 것도 당연했다. 지난번엔 이 사람한테 맞아서 정말로 죽을 뻔했기 때문이다.

경비대 대장이나 티슨은 빠른 손을 어디가 부러지거나 회복 불가능할 정도로 팬 적이 없었기 때문에 더욱 비교가 되었다.

지금 생각해 보자면 대장이고 티슨이고 빠른 손이 괜찮은 돈벌이 수단이었기 때문에 힘 조절을 한 거였을 터였지만, 마부한텐 그런 게 없으니 죽어라고 팼었다.

"다시는! 다시는 않겠습니다……! 살려주십시오!!"

그런 그의 반응을 본 마부는 쓴웃음을 지었다.

"뭔가 착각하고 있는 모양이로군. 빠른 손, 난 자네의 기술을 사려 온 것이네만."

"기, 기술 말입니까?"

"그래. 자네가 가장 잘하는 것 말일세."

마부가 가리키는 것이 마법일 리는 없었다. 지금의 빠른 손이 가장 잘하는 걸 꼽자면 역시 그 별명의 유래이기도 한 소매치기였다. 그러나 엄연히 범죄인 소매치기를 잘 한다고 넙죽 고개를 주억거릴 그는 아니었다.

"영문을… 모르겠습니다만."

"몰라도 되네. 그저 하라는 대로 하게. 입은 딱 다물고 말일세."

마부는 더 이상 그를 떠보려고 하지는 않았다. 엄한 말투로 그렇게 말하고는 확인이라도 하듯 재차 물었다.

"그렇게 할 수 있겠는가?"

"저… 그게……."

그가 대답을 망설이자, 남자는 더 기다리지 못한 듯 한마디를 보탰다.

"보수는 두둑하게 챙겨주겠네."

"말씀만 주십시오!"

"허, 약삭빠른 놈일세."

그의 대꾸에 마부는 웃었다. 그러다 문득 횃불을 들어 그를 자세히 들여다보았다. 그의 상태가 별로 안 좋아 보인다는 걸 뒤늦게 알았는지, 마부는 미간을 찌푸렸다.

"좀 다쳤군. 상처를 치료해 주게. 밥도 든든히 먹이고. 내일까지는 출발시켜야 하니, 그 전에 이 녀석을 최상의 상태로 만들어두게."

마부가 그렇게 티슨에게 명하자, 티슨은 열심히 양손을 비볐다.

"여부가 있겠습니까! 말씀대로 하겠습니다."

*　　　　*　　　　*

마부가 떠나자, 티슨은 그를 지하실에서 꺼내주었다. 그는 갇혀 있던 지하실에서 나와 희멀건 죽으로 배를 채우고, 얻어맞아 부어오른 자리를 마른수건으로 문지르는 치료를 받았다.

이걸 든든히 먹었다고 하기도 좀 그랬고 치료를 잘 받았다고 하기에도 애매했지만, 어쨌든 티슨은 이걸로 구색은 갖췄다고 생각한 모양이었다.

"야, 나리께서 주시는 보수 절반은 내 꺼다. 알고 있지?"

넌지시 이런 소릴 하는 티슨에게 해줄 적절한 말은 따로 있었지만, 그는 자신의 안위를 위해 그냥 적당히 고개를 끄덕여 주었다.

다음 날, 최상의 상태라곤 할 수 없었지만 그가 일할 준비가 되자 마부가 다시 찾아왔다.

"마을 외곽의 서쪽 숲에 야영을 하고 있는 자들이 있다. 그들 중에 검은 머리를 한 엘프 여자가 있을 게야. 그 여자가 가슴 안쪽에 차고 있는 주머니를 가져와라."

한마디로 여행자들 상대로 소매치기를 하라는 뜻이었다.

남작의 마부가 직접 찾아와 섭외할 정도니 소매치기를 해야 할 물건이 보통 물건은 아닐 테지만, 그는 그 물건의 정체를 몰랐다.

이번이 두 번째인데도 왜 모르냐면, 지난번엔 소매치기에 실패했었기 때문이었다. '지난번'에 마부에게 죽기 직전까지 맞은 이유도 이 실패 때문이었다.

"어떤 방법을 쓸지는 네가 알아서 하고. 단, 그들이 남작님의 저택에 찾아오기 전에 해결을 봐야 한다. 알겠느냐?"

"알겠습니다."

그가 대답하자 마부는 그의 손바닥 위에 구리 조각 하나를 떨어뜨려 주었다. 이 지역에선 동전 대신 사용되는 물건이었다. 한국 돈으로 환산하자면 5천 원 정도의 가치가 있고, 이걸로 그럭저럭 괜찮은 식사 한 끼 정도는 해결할 수 있다.

"이건 착수금이다."

"감사합니다."

"성공하면 당연히 이것과는 비교도 안 되는 보수를 약속하마. 대신 실패하면… 그래, 이런 걸 미리 말해서 사기를 떨어뜨릴 필요는 없겠지. 그럼 준비되는 대로 바로 출발하도록."

"알겠습니다."

'지난번'에는 이것저것 질문이나 헛소릴 하느라 시간을 끌고 몇 대 맞기도 했지만, 조용히 대답만 하니 별것 없이 대화가 끝났다.

마부가 돌아가자, 티슨은 냅다 그를 향해 손을 펼쳤다. 그는 눈치 빠르게 조금 전에 마부에게서 받은 구리 조각을 티슨의 손바닥 위에 올려놓았다.

"이건 어제 자 상납금으로 치자고."

어젠 너한테 잡혀서 갇혀 있었는데? 그런 소릴 입 밖에 낼 정도로 눈치가 없는 빠른 손은 아니었다.

"대신이라고 하긴 좀 뭐 하지만, 필요한 거 있나?"

티슨에게도 염치란 게 남아 있긴 했던 건지 문득 그런 소릴 했다.

"가면서 씹을 거리나 좀 주십시오."

"건방진 놈."

그가 넙죽 대답하자, 티슨은 표정을 한번 찡그려 보이더니 딱딱하게 말라비틀어진 빵 조각을 몇 개 주머니에서 꺼내 그에게 주었다.

"꼭 성공해라?"

그 질문에 대한 대답은 할 필요가 없었다. 그는 대신 이렇게 말했다.

"그럼 가겠습니다."

"그래."

그렇게 빠른 손은 풀려났다.

*　　　　*　　　　*

빠른 손은 마을 외곽으로 나왔다. 조금만 더 걸으면 목적지인 숲이다.

원래대로라면 이제부터 목표인 검은 머리 엘프를 찾아 더 헤매야 하겠지만, 지금은 그럴 필요가 없다. 물론 그 이유는 여행자들의 야영지 위치를 알고 있기 때문이기도 했지만, 다른 이유도 있었다.

"어렸을 때는 왜 그랬는지 몰라."

마을 외곽 언덕에서 마을의 전경을 내려다보면서 그는 쓴웃음을 지었다.

"여기서 쫓겨나면 큰일 나는 줄 알았지."

그래서 소매치기에 실패하고서도 시무룩해서 다시 저 마을로 돌아가고, 그레고리 남작의 마부에게 죽을 정도로 얻어맞고 일주일이나 앓았다. 간신히 회복하고 일어나서는 티슨이 밀린 일주일치 상납금을 바치라는 소릴 듣고 조금만 봐달라고 무릎을 꿇고 빌었다.

그런 처사를 당하고도 어린 빠른 손은 마을을 나와 도망칠 생각도 안 했다. 영혼의 뿌리까지 젖어든 노예 근성 때문이었을까. 아니다. 그저 막연한 두려움 때문이었다.

그 시절엔 이 마을이 자신의 세계 전부라고 생각했었다. 마을 바깥은 위험으로 가득 차 있고, 여기서 쫓겨나기라도 하면 바로 목숨이 끊어진다고 생각했었다.

"소년이면 소년답게 모험심을 가져야지."

하지만 지금의 두 번째 빠른 손은 그렇게 생각하지 않는다. 이미 그는 세계에 대해 어느 정도 알고 있다. 다 아는 것은 아니지만, 알 만큼은 안다. 저 작은 마을에 틀어박혀 있기엔 시간이 너무 아까웠다.

정해진 운명의 궤도에서 벗어나면 변수는 더욱 늘어나겠지만 그렇다고 억지로 고행을 반복할 생각은 없었다. 어차피 똑같은 인생을 두 번 살 건 아니지 않은가? 똑같이 살 거면 전생 회귀의 주문 같은 걸 외우지도 않았다.

처음에는 엘프가 아닌 인간으로 전생했다는 것 때문에 패닉에 빠져 과도하게 두려움에 휩싸였지만, 너무 변수를 두려워할 필요는 없었다. 사소한 변수가 생기더라도 그가 이 세계에 대해 이해하고 있는 것은 변하지 않으며, 그것은 여전히 그에게 큰 어드밴티지가 될 것이다.

더군다나 '지난번'과 똑같이 가자면, 앞으로 5년이나 저기에 처박혀 있어야 한다. 안 그래도 인간은 엘프보다 수명이 짧은데, 그럴 수는 없었다.

그렇다고는 하지만 12살 인간 소년이 혼자 살아가기엔 확실히 녹록한 세계는 아니다. 마법을 조금 사용할 수 있다지만 정말 조금일 뿐이다. 다른 생존 수단이 필요했다.

그래서 지금 그가 향하는 장소는 검은 머리 엘프가 속한 여행자들의 야영지였다. 소매치기를 하러 가는 것은 당연히 아니었다. 그는 그 여행자 무리에 합류할 생각이었다.

대다수의 다른 여행자와는 달리 그 여행자들은 그렇게까지 잔인하거나 나쁜 사람들은 아니었다. 사실 꽤 좋은 사람들의 축에 속한다. 적어도 '지난번'에 소매치기를 하려다 들켰을 때 바로 손목을 자르려고 들지 않는 것만 봐도 잘 알 수 있었다. 그저 몇 대 패고 여행자 모임에서 추방했을 뿐이었다. 얼마나 자비로운가?

하기야 그 이전에 로어 엘프였던 그를 그럭저럭 평범하게 대해준 것으로 그들의 인성은 증명이 되었다고 볼 수 있었다. 불가촉천민인 로어 엘프한테는 말조차 걸지 않는 게 일반적이고, 보통은 보자마자 막대기 같은 걸로 패서 쫓아내려고 한다. 하지만 그들은 그러지 않았다.

물론 지금의 그는 인간 소년이지만 그렇다고 그들이 딱히 태도를 바꿀 것 같지는 않았다. 반응이 더 좋아지면 좋아졌지, 나빠지지는 않으리라. 그러니 그들과 합류하는 건 대단히 좋은 아이디어 같았다.

여행자들의 야영지까지는 여기서 한나절 정도는 걸어야 도착할 수 있다. 쇠약해진 몸으로 가기엔 다소 버거운 거리이지만, 그래도 못 갈 정도는 아니었다.

"자, 그럼 가볼까?"

그는 홀가분한 기분으로 숲속을 향해 걷기 시작했다.

*　　　*　　　*

반나절도 채 걷지 않았는데, 그는 지쳐서 나무 그늘 아래에 나뒹굴듯 주저앉았다.

어제 저녁에 먹었던 희멀건 죽으로는 배가 다 찰 리가 없었다. 아침도 굶었고. 하기야 '아침을 굶는다'는 개념이 이 지역의 하층민에게는 없긴 하다. 하루에 두 끼 먹으면 잘 먹었다고 배를 두들기는 게 보통이다.

어쨌든 점심때도 되었겠다, 그는 여기서 티슨이 준 마른 빵 쪼가리를 먹어보기로 했다.

워낙 딱딱하게 굳어져 먹기가 쉽지는 않았지만, 먹을 게 아무것도 없는 것보다는 나았다. 그는 빵 조각을 침으로 적셔가며 먹으려고 노력했다.

"언제까지고 '빠른 손'이라고 자칭할 수는 없지."

소매치기인 게 훤히 드러나는 별명을 가지고 자기소개를 할 수는 없으니, 이쯤해서 그는 자신의 이름을 새로 짓기로 마음먹었다.

전생 회귀의 주문을 외우기 전의 이름인 김진우라고 자칭할까 생각했지만, 그건 이 세계에서는 다소 이상한 이름이었다.

"로렌 하트는 너무 귀족적인가? 이 모양 이 꼴로 성을 가지고 있는 것도 우습고."

보통 평민들은 성을 가지고 있지 않다. 사실 이름조차도 얻기가 쉽지 않다. 성인이 되기 전까지는 '누구의 몇째 아들'인 식으로 불리고, 아버지가 돌아가신 후 가주가 되고 나면 아버지의 이름을 물려받는다. 가주가 되지 못한 자손은 누구의 형, 누구의 동생, 누구의 아내인 식으로 불린다.

고아인 그에게는 아버지가 없으니 당연히 누구의 몇째 아들이라 불릴 수 없다. 빠른 손이란 별명이 붙은 것도 이런 이유다. 같은 맥락에서 12살에 고아인 그가 이름을 갖고 있는 것도 이상하긴 하다.

"그럼 그냥 로렌이라고 해야겠다."

다소 고상해 보이는 이름이지만, 이름 붙여줄 사람도 없었던 고아가 자기 멋대로 스스로에게 붙인 이름이라고 생각하면 오히려 자연스럽게 들릴지도 모른다. 나중에 이름에 걸맞은 사람이 되면 그만이다. 그런 생각도 할 수 있었다.

"그럴 예정이기도 하고."

그는 충분히 적신 마른 빵을 앞니로 갉아먹었다. 먹은 것 같지도 않았지만 어쨌든 식사를 하고 휴식을 취했으니 이제 일어날 때가 되었다. 지나치게 시간을 낭비할 생각은 없었다.

그는 다시 숲속을 걷기 시작했다.

*　　*　　*

로렌은 숨이 턱까지 차오른 채 간신히 해 지기 전에 야영지에 도착할 수 있었다. 모습은 아직 보이지 않지만, 여행자들이 내는 소음이 들리긴 하는 거리다. 식사 중인 모양인지 간간히 음식 냄새도 바람을 타고 날아왔다. 그럴 때마다 로렌의 배가 꾸르르륵하고 울었다.

"으, 배고파."

로렌은 배를 한번 문질렀다. 며칠 정도 굶주리는 것에는 익숙해져 있을 텐데도, 한번 음식 맛을 본 위장은 계속해서 음식을 요구하고 있었다. 가져온 빵 쪼가리는 이미 다 먹어치웠다. 그는 간신히 배고픔을 뇌리에서 지우고, 지금 상황에 대해 생각했다.

아무리 마물이 없는 숲이라지만 밤에 움직이는 것은 위험하다. 그것은 로렌은 물론이고 여행자들에게도 마찬가지였다. 그러니 저들은 여기서 오늘 밤을 지내고 내일 아침에 출발할 것이다. 그런 의미에서는 로렌이 타이밍 딱 맞게 도착했다고 봐도 무방했다.

"자, 이제 어쩐다."

'지난번'엔 첫마디를 뭐라고 했는지 잘 기억이 나질 않았다. 누구한테 맞았고 어째서 맞았고 이런 건 잘 기억이 나는데, 막상 필요한 정보가 기억이 안 나니 답답했다.

"하기야 워낙 오래전 일이지. 다 기억나는 게 이상할 정도로."

로어 엘프의 평균 수명은 30년이지만, 그건 어려서 죽는 일이 너무 많기 때문이다. 한 번 성년이 된 로어 엘프는 300년은 산다. 그리고 '지난번'의 로렌 하트는 성년이 된 케이스이다.

로렌 하트로서 300년을 살고, 김진우로 30년을 또 살았다. 그러니 단순 계산으로도 '지난번'은 300년 이상 전에 일어났던 일들이다. 물론 실제 시간이 아니라 그의 체감 시간이지만, 그거야 뭐, 어쨌든 그 정도로 오래된 일이다.

중요한 일이야 기억이 나지만 소소한 것, 세세한 것까지는 기억이 잘 안 나는 게 당연했다. 낑낑대며 기억을 되살리려고 노력하던 로렌은 결국 포기하고 말았다.

"임기응변대로 해야겠다."

그렇게 결심을 굳힌 로렌은 야영지로 걸어 들어갔다. 그때였다.

"야! 너 뭐야!!"

갑작스러운 외침에 로렌은 그 자리에 굳어버렸다. 그러자 그의 바로 앞에 사람이 뛰어내렸다. 머리 위까지는 신경을 못 쓴 바람에 크게 놀란 로렌은 '으아아아!' 소리까지 지르며 엉덩방아를 찧고 말았다. 뛰어내린 자가 로렌의 반응이 웃긴지 '풉' 하고 웃었다.

"위험해 보이지는 않는군. 아직 어린 소년이고. 인간인가?"

그러나 시선만큼은 날카롭게 로렌을 훑어보고 있었다. 그제야 로렌도 상대를 확인할 여유를 좀 갖게 되었다.

엘프였다. 금발이고, 푸른 눈동자가 아름답게 빛나고 있었다. 겉보기엔 아름다워 보이며 목소리도 높은 톤이지만 이 사람은 남자다. 왠지 모를 아쉬움이 로렌을 사로잡았다.

겉보기로는 인간 기준으로는 20대 초반 정도로 보인다. 그러니 엘프 기준으로는 30대를 넘긴 성년이리라.

자신만만한 표정과 괜찮은 옷차림으로 보아 도저히 로어

엘프로는 보이지 않았다.

'그럼 웰시 엘프? 아니면 하이어드? 모르겠군.'

로어냐, 웰시냐, 하이어드냐를 가르는 차이점은 피부색과 귀 모양의 분화다.

엘프는 신체에 멜라닌이 적어서 쉽게 피부가 타지 않지만, 로어 엘프는 지속적으로 태양 아래 노출되면 피부에 점과 반점이 가득 난다. 멜라닌이 적으므로 발생하는 피부병 탓이다. 웰시는 편하게 사니 당연히 새하얗게 유지될 테고, 하이어드는 인간 백인 정도로 살짝 노르스름한 기가 돌게 된다.

귀는 웰시의 경우에는 긴 귀 끝이 하늘로 향하고, 하이어드는 스트레스 때문에 귀 끝이 축 늘어지게 된다. 로어? 로어 엘프는 노예라는 걸 증명시키기 위해 귀 끝을 잘라낸다. 아니라면 하이어드 이상으로 귀가 처질 터였다.

이런 현상들이 눈에 띌 정도로 드러나는 건 엘프 나이로 50세 정도인데, 이 엘프 청년은 성년이긴 하지만 애송이 티를 완전히 벗지 못한지라 아직 분화가 일어나지 않았다.

하기야 모르는 걸 고민해 봐야 득 될 것도 없었다. 어쨌든 로렌은 뒤늦게나마 이 사람을 한번 본 적이 있다는 기억을 되살릴 수 있게 되었다.

물론 그 기억은 '지난번'의 기억이고, 이번에는 초면이다.

"인간 소년이 이런 데서 뭘 하는 거지? 길이라도 헤맨 거냐?"

"저, 저는……!"

뭔가 괜찮은 말로 둘러댈 셈이었는데 이상하게 목소리가 떨리고 말이 잘 나오질 않았다. 스스로 생각하는 것보다 긴장했던 탓이었다. 그리고 그 빈 공간을 꼬르르륵하는 소리가 채웠다. 그 소릴 들은 엘프 청년은 쾌활하게 웃었다.

"네가 굶주렸다는 건 잘 알았다! 배고픈 자에게는 먹을 것을. 선한 이라면 당연히 행해야 하는 미덕이지. 따라 오너라. 먹을 것을 나누어주마."

로렌은 그제야 자신이 전에도 똑같은 과정을 거쳤다는 것을 떠올렸다. 무슨 말을 했는지 기억이 안 나는 것도 당연했다. 말한 것은 그의 입이 아니라 배였으니까.

* * *

고기가 들어간 음식을 먹는 게 얼마만일까.

빵 한 조각 얻어먹기도 어려웠던 빠른 손 로렌은 물론이고 김진우로서도 강제로 몇 년 동안이나 단식한 입장에서 비록 말린 고기와 비스킷을 물에 풀어 끓인 조악한 음식이라 한들 고기를 먹는다는 것은 특별한 의미를 지녔다.

"이런 걸 그렇게까지 맛있게 먹을 줄이야."

그를 데려온 엘프 청년이 쓴웃음까지 지으며 말했다. 확실히 맛이 있다고는 입이 비뚤어지더라도 못 하겠지만, 시장이 반찬이라고 그는 그릇 바닥까지 핥은 후에나 아쉽게 그릇을 내려놓았다.

"한 그릇 더 먹을래?"

그 말을 들은 순간, 로렌의 눈동자가 번쩍 빛났다. 그 말을 한 사람이 애초의 목표물이었던 검은 머리 엘프였음을 그는 나중에나 알아채게 된다. 지금 그의 모든 신경은 음식이 새로 담기고 있는 그릇에 쏠려 있었으니까.

"이런 어린아이가… 얼마나 굶주렸으면."

검은 머리 엘프가 측은한 듯 말했다. 검은 머리 엘프는 금발 엘프 청년보다 젊어 보였다. 아니, 어려 보인다고 해도 되리라. 인간 기준으로 10대 중후반 정도로 보이니, 엘프 나이로도 그 정도 되리라. 이 정도 연령대라면 처녀보다는 소녀라는 말이 더욱 어울린다.

검은 머리칼에 대비되어 투명해 보일 정도로 하얀 피부에 눈을 깜박일 때마다 존재감을 드러내는 진한 속눈썹, 그 밑에 자리 잡은 에메랄드를 연상케 만드는 녹색 눈동자. 군데군데 아직 앳됨이 묻어나지만 분명 미녀로 자라날 인상이었다.

그렇다고는 하지만 이런 작은 여자아이의 뭐가 두려워서 그레고리 남작은 자신의 마부까지 직접 보내 소매치기를 지시한 걸까? 로렌은 새삼 궁금증이 돋았다.

하기야 어린 소녀라고 어수룩하게 행동했다가 소매치기를 실패한 지난번의 자신을 돌이켜 보면 방심할 만한 상대는 아니긴 했다.

"잘 먹었습니다. 감사합니다."

두 그릇째를 다 비운 후에나 로렌은 그렇게 인사를 할 여유를 되찾았다.

"생각 외로 예의가 바르군. 예절 교육을 받은 적이 있나?"

로렌의 언행에 엘프 청년이 흥미로운 듯 물었다.

"아뇨… 그저 먹을 것을 얻어먹으면 감사하라는 소릴 들었을 뿐입니다."

로렌이 그렇게 둘러대자 엘프 청년은 감탄하며 대꾸했다.

"그런 소릴 듣는다고 실제로 행동에 옮기는 이는 드물지. 마음에 드는군."

"그… 감사합니다."

"흠, 그래, 그래서……."

엘프 청년의 시선이 날카롭게 빛났다.

"이런 변경 숲속에서 혼자 헤매고 있던 이유가 뭐냐?"

이제까지 친절하게만 대해주다가 갑작스럽게 날아온 예리한 질문에 로렌은 크게 당황하지 않았다. 왜냐하면 그 질문은 '지난번'에도 받은 적이 있었기 때문이었다. 그리고 그 질문에 대해 그가 할 대답은 그냥 얼버무리려고 애썼던 '지난번'과는 달랐다.

"도망쳐 왔습니다."

로렌은 일단 그렇게 운을 떼었다.

"도망쳐?"

엘프 청년의 시선이 로렌의 몸을 훑었다. 로렌은 화들짝 놀라며 자신의 상처를 숨기는 시늉을 했다. 엘프 청년은 로렌의 몸에 난 상처가 인간에게 맞아서 난 상처임을 알아챘을 것이다.

"…네. 제가 있던 마을에서는 고아들을 부려서 이런저런… 안 좋은 일들을 시키는데 그게 싫어서 도망쳐 나왔습니다."

그가 하는 말에 거짓이라고는 한 톨도 섞여 있지 않았다. 그냥 다 사실이다. 애초에 속일 마음도 없었다. 속일 필요도 없었고. 있는 그대로 말해도 되는 내용들이다.

자기 일이라 다소 둔감하게 받아들였지만, 어린 로렌은 그만큼 가혹한 환경에 놓여 있었던 거다. 왜 이제까지 도망치지 않았는지가 더욱 의아할 정도의 환경에.

"인간끼리도 그런 일이 있군요."

흑발의 엘프 소녀가 측은한 듯 로렌을 바라보았다.

"그래서… 말입니다만. 절 여기에 받아주실 수는 없겠습니까? 뭐든지 하겠습니다. 제가 할 수 있는 거라면… 뭐든지."

머뭇거리면서, 하지만 필사적인 목소리로 로렌은 엘프 청년에게 청했다. 그러자 엘프 청년은 딱한 듯 로렌을 내려다보다 문득 엘프 소녀 쪽을 쳐다보았다.

"어떻게 할 거야?"

"네?"

엘프 청년의 갑작스러운 물음에 엘프 소녀는 놀란 토끼 눈을 뜨며 청년 쪽을 바라보았다.

"그걸 제가 결정해야 하는 건가요?"

"네가 날 고용했잖아. 네가 고용인이니 네가 정해야지."

엘프 소녀는 몇 번 그 큰 눈을 깜박거리다가 그제야 납득한 듯 고개를 끄덕였다.

"아, 그게 그렇게 되는 건가요?"

"자각 좀 해달라고, 아가씨."

엘프 소녀는 크흠, 하고 헛기침을 한번 한 후, 로렌을 바라보았다.

"당신은 뭘 잘하죠?"

소매치기라고 대답할 수는 없었다. 그렇다고 마법이라고 할 수도 없었고. 사실 지금 상태로 마법도 잘한다고 하기에는 힘들었다.

로렌이 대답이 궁해 머뭇거리자, 소녀는 미소 지으며 말했다.

"그럼 이제부터 배워야겠군요."

*　　　*　　　*

여행자의 무리는 총 30명 정도로 이루어져 있다. 하지만 이들이 모두 같은 집단에 속한 공동 운명체인 것은 아니다.

위험한 길을 조금이라도 더 안전하게 지나기 위해 여러 집단이 무리를 이룬 것에 불과하다. 기본적으로는 보부상들과 그들이 고용한 용병들이 무리의 다수를 이루며, 여기에 다른 여행자들이 끼어드는 형식이다.

그들 대부분이 장사꾼인데 자신들이 돈을 내고 용병을 고용해서 안전을 확보한 무리에 어중이떠중이가 공짜로 얹혀가는 걸 그냥 두고 볼 리는 없다. 그러니 자신들에게 도움이 될 만한 여행자들만 골라 받는다.

그래서 원래대로라면 로렌이 이 여행자 무리에 합류하는 건 꽤 어려운 일이어야 했다. 하지만 실제로는 그렇게 되지 않았다.

"이미 위험한 길은 다 지나왔으니 별로 상관은 없소."

보부상 무리의 리더가 말했다.

"다만 그 아이가 발이 늦어 낙오된다면 그 아이를 위해 기다리거나 도움을 줄 생각은 없소. 그런 경우에는 당신들이 알아서 해야 할 거요."

말이야 차갑지만 보부상 리더의 입장에서는 꽤 많이 양보를 한 것이었다. 어쨌든 공짜로 얹혀가는 인원이 하나 는 셈인데, 이걸 아무 대가도 받지 않고 합류시켜 준 것이니 말이다.

교섭을 하러 온 엘프 청년도 그 사실을 잘 알고 있었기 때문에, 감사의 의미로 고개를 숙여보였다. 그 뒤에 슬쩍 따라온 로렌도 얼른 허리를 숙여 감사를 표했다.

*　　　*　　　*

"자기소개를 하기에는 다소 늦은 감이 있다만, 이제부터 일행이 되기로 했으니 이름 정도는 알아야겠지."

엘프 청년이 말했다.

"내 이름은 레윈이라고 한다. 넌?"

그러고 보니 그런 이름이었던 것 같긴 하다. 잘 기억은 안 나지만. 그야 '지난번'엔 말 그대로 옷깃만 스치고 지나간 인연이었다. 이름을 제대로 기억하고 있는 게 더 이상하다.

로렌은 고개를 한번 흔들어 잡생각을 머리에서 털어내고는 레윈의 질문에 대답했다.

"고아라서 부모에게 받은 이름은 없습니다."

"그래? 그러고 보니 인간들은 부모로부터 이름을 물려받는다고 했었지."

레윈은 지금 생각났다는 듯 그렇게 혼잣말을 하다가 다시 로렌을 보며 물었다.

"그래서? 난 널 뭐라고 부르면 되지?"

"…저 자신은 제게 로렌이라는 이름을 붙였습니다."

틀림없이 비웃을 거라고 생각하면서도 로렌은 일단 미리 정해둔 이름을 말했다. 그러나 레윈은 비웃지 않고서 오히려 호기심이 돋은 듯 로렌을 바라보았다.

"흐음, 엘프식 이름이로군."

그러고 보니 그랬다. 로렌 하트는 엘프였으니 별 상관없었지만, 12살 인간 소년의 이름으로 로렌은 별로 안 어울리는 이름일지도 몰랐다.

"그래, 좋아. 이제부터 널 로렌이라고 부르지."

하지만 레윈은 그 이상 별말 하지 않고 그렇게 넘어갔다.

"저… 아가씨는……."

"아가씨는 그냥 앞으로 아가씨라고 부르면 된다."

"알겠습니다."

분명 뭔가 사정이 있겠지만 로렌은 파고들 생각 같은 건 하지도 않았다. 그냥 고개를 끄덕이고 말았다. 레윈은 그런 로렌에게 이채로운 시선을 보냈지만, 다른 질문을 더 하지는 않았다.

"아가씨의 말씀대로 뭔가를 가르치기에는 너무 늦은 시각이로군. 도망 오느라 지쳤을 테니 오늘은 이만 자도록 해라."

"저… 저도 불침번을 서겠습니다."

로렌은 급히 말했다. 로렌의 말을 들은 레윈은 '훗' 하고 한 번 웃더니 말했다.

"마음은 고맙지만 마음만 받아두도록 하지. 아까 들어서 알겠지만 네가 낙오되면 곤란해지는 건 우리다. 푹 자고 체력을 회복시켜 두라고. 내일도 한참 걸어야 하니까."

"…감사합니다."

"그래. 어린애는 받고서 감사만 할 줄 알면 되는 거다."

그렇게 말한 레윈은 제자리에서 훽 뛰어올랐다. 놀라운 도약력이었다. 3m 위의 별로 굵어보이지는 않는 나뭇가지 위에 사뿐히 앉은 그는 주변 경계를 시작했다.

로렌은 그의 몫으로 주어진 모포를 덮고 잠을 청했다. 긴장도 많이 했었고 신경도 곤두서 있어서 쉽게 잠이 올 것 같지는 않았지만, 묵직한 피로는 그를 곧 잠의 수렁 속으로 빠뜨렸다.

*　　　*　　　*

로렌은 눈을 번쩍 떴다.

아직 동은 트지 않았다. 한밤중이었다. 얼마나 잤는지도 감도 오지 않았다. 이상하게 컨디션이 좋아서 한 여덟 시간 정도는 족히 잔 것 같기도 했지만 그렇지는 않을 터였다.

불이 꺼질락 말락 하면서도 아직 타닥타닥 타오르는 모닥불이 그에게 시간의 경과를 약간 알려주고 있을 따름이었다. 그는 한숨을 한번 푹 쉬고 상반신을 일으켰다.

'이상하군. 몸이 편해졌어.'

어제 저녁의 강행군도 강행군이었지만 사흘 전에 두들겨 맞은 상처들이 다 사라져 있었다.

'아가씨나 레윈이 회복 마법이라도 걸어준 건가?'

마법이 아니라면 이런 회복이 가능할까? 그럴지도 모른다. 애초에 그가 전생 회귀의 주문을 읊은 이유가 마법이 아닌 다른 수단들을 손에 넣기 위해서였으니.

하지만 지금 그의 일행들은 모두 엘프이고, 엘프의 특기는 마법이었다. 그러니 자신에게 걸린 치료 수단은 마법일 가능성이 높다고 생각하는 게 자연스러웠다.

그는 시선을 돌렸다. 보부상들이 고용한 용병들이 불침번을 대신해 주고 있는지, 레윈은 모포를 덮고 잠들어 있었다. 아가씨도 마찬가지였다.

하긴 용병들에게 고용주도 아닌 여행자들의 모닥불을 지켜줄 의무는 없으니, 모닥불이 다 꺼져가는 것을 불침번을 서고 있는 용병들 탓으로 돌릴 수는 없었다.

로렌은 모닥불에 장작을 조금 더 넣었다. 아까보다 조금 강해진 모닥불의 온기가 으슬으슬한 몸에 스며들었다.

"…그러고 보니."

로렌은 엘프 소녀 아가씨 쪽을 바라보았다. 세상모르게 잠에 푹 빠져들어 있는 모습이 모닥불 너머로 보였다.

'지금이 기회인가?'

그녀의 품속에 든 주머니에 뭐가 들었기에 그레고리 남작이 노리는지 확인해 볼 기회라고, 그렇게 생각할 수 있었다.

그러나 로렌은 그냥 다시 누웠다. 죄책감이 호기심을 누른 것은 아니었다. 답은 더 단순했다.

이게 처음이 아니라는 생각이 갑자기 들었기 때문이었다. '지난번'에도 똑같은 기회가 찾아왔고, 그는 범행을 저질렀다. 그리고 들켰고, 쫓겨났다.

그 실패를 반복할 수는 없었다. 또 한 번 죽기 직전까지 얻어맞을 생각도, 별다른 추억도 없는 고향 마을에서 5년이나 썩고 있을 생각도 없었다.

그러니 지금은 호기심을 접어두고 잠이나 자는 게 정답이었다.

눈꺼풀을 덮었더니 잠은 금방 다시 왔다. 그는 그대로 잠속으로 빠져들었다.

*　　　*　　　*

"오해해서 미안하군."

아침이 되어 일어나자마자 레윈이 뜬금없이 그런 소릴 했다.

"난 네가 그레고리 남작이 보낸 하수인인 줄 알았어."

로렌은 무슨 일이 있었는지 그 순간 모두 이해했다.

한밤중에 깨었을 때, 몇 시간 자지도 않았는데 몸이 다 회복된 이유는 누군가가 그에게 회복 마법을 걸어주었기 때문이었다. 그가 잠에서 깬 이유도 회복 마법 때문이었고.

그렇게 회복 마법까지 걸어주며 로렌을 깨운 이유는 다들 자고 있을 때 그가 어떻게 행동하는지 관찰하기 위해서였다.

간단히 말해 레윈이 한 건 일종의 함정수사라고 볼 수 있었다. 만약 로렌이 아가씨의 주머니를 뒤졌다면 그는 '지난번'과 똑같은 운명에 빠졌을 터였다.

'과연. 마냥 착하기만 한 사람들은 아니었던 거로군.'

애초에 아무리 어린애라지만 면식도 없는 사람을 바로 일행으로 맞아들이는 건 비상식적인 일이다. 최소한도의 서로를 파악할 만한 과정이 필요한데, 레윈은 이번의 함정수사로 그걸 대신한 셈이다.

여기에 그냥 입 다물고 어물쩍 넘어갈 수 있는 일을 사과까지 하니, 로렌으로서도 화를 낼 이유가 없었다. 아직 전부 낫지는 않았던 상처와 전날의 피로가 회복 마법을 받아 싹 사라진 것도 로렌 입장에서는 이득이었고 말이다.

"저희 영주님이요?"

"그래. 여기서부터는 그레고리 남작령이니 우리로서도 나름 경계를 할 필요가 있었거든."

그렇게 말한 레윈은 로렌의 머리를 슥슥 쓰다듬어 주었다. 완전 어린애 취급이었지만, 타인과의 우호적인 접촉은 오랜만이었기에 의외로 기분이 그렇게 나쁘지는 않았다.

'뭐, 아직 어린애인 것도 사실이고.'

잠자코 레윈의 손길을 받으며 로렌은 그렇게 생각했다.

"질문을 하지 않는구나. 뭐, 묻더라도 자세히 말해줄 수 없는 게 우리 사정이긴 하다만."

레윈은 로렌의 머리에서 손을 떼며 말했다.

"호기심은 고양이를 죽인다고 하더군요."

"인간의 속담인가? 흥미롭군."

레윈은 픽 웃었다.

"그렇다고 내가 널 죽이거나 하진 않으니 걱정 마라. 그냥 질문에 대답해 주지 않을 뿐이야."

"알겠습니다."

로렌이 잠자코 고개를 끄덕이자 레윈은 다시금 그를 지긋이 바라보았다.

"흥미로운 녀석. 그것도 네 나름의 생존 전략인가?"

"무슨 말씀을 하시는지 잘 모르겠는데요."

"크큭, 그래. 너도 내 질문에 대답하지 않을 권리가 있지."

레윈은 다시 손을 들어 이번에는 로렌의 머리를 마구 헝클었다.

"곧 출발할 거다. 모포 접고, 준비 시작해라."

2장
여정에 오르다

그레고리 남작령 남쪽 변경 마을. 조금 길지만 그것이 로렌의 고향 마을 이름이다.

이 주변에서야 '마을'이라고 하면 되고, 좀 더 멀리 나가면 남쪽 변경 마을로 줄여 부른다. 더 먼 곳에서는 어지간해서야 이 마을에 대해 입에 올릴 일 자체가 없기에, 굳이 줄여 부를 필요가 없다. 그렇기에 이 긴 이름은 여태까지 존속되고 있었다.

주요 산업은 수렵과 벌채. 1차 산업 위주인 탓에 자급자족이 불가능한 품목이 많다. 그런 데다 마을에 들어서는 길이

험해 짐마차 행렬이 드나들기 힘들다. 목재는 강물을 따라 흘려보내는 식으로 운반하지만 나머지 물자는 인간이 직접 등짐을 지고 옮길 필요가 있었다.

그래서 이 마을은 보부상에 의존한다. 사람이 직접 발로 걸어 들어오는 보부상이라면 조금씩이나마 물자 공급이 가능하니 말이다.

보부상들이 모여들어 7일장이 열리면, 마을 밖에 나가 있던 사냥꾼이나 나무꾼들도 마을로 돌아와 부족한 것들을 사러 온다. 그렇게 모여든 사람들이 로렌을 비롯한 뒷골목 시궁쥐들의 사냥감이었다.

즉, 지금 이 야영지에서 기지개를 펴고 일어난 저 보부상들은 어쩌면 로렌의 손에 의해 주머니를 털린 적이 한두 번쯤 있을지도 모른다.

그래서 로렌은 보부상들이 혹시 자신을 알아볼까 움찔움찔거리며 눈치를 보아야 했다. 명색이 '빠른 손'이라 본격적으로 '영업'을 시작한 후부터는 아직 현행범으로 잡힌 적은 없었지만 세상에는 혹시나 하는 일이 일어나는 법이니.

뭐, 그것도 오늘까지다. 변경 마을로 향하는 보부상들은 남쪽으로 향하고, 그레고리 남작의 저택은 북쪽에 있으니 여기서 헤어지게 된다.

용병들은 일감이 있을 리 없는 변경 마을에는 들르지 않고,

변경 마을에서 장사를 하지 않을 보부상들과 함께 곧장 도시로 향한다. 이름도 없는 변경 마을과 달리 '사운델리'라는 이름이 붙은, 도시치고는 다소 수수한 곳이지만 어쨌든 변경 마을보다는 월등히 사람과 물자가 많다.

그리고 아가씨와 레윈도 사운델리를 경유해 갈 것이다. 그레고리 남작의 저택으로 향하기엔 약간 돌아가는 길이 될 테지만, 먼 길이다. 도중에 보급과 휴식이 필요할 것이다.

로렌의 계획도 일단은 이들과 함께 사운델리로 향하는 것이었다. 그 뒤의 계획을 세세하게 짜놓지는 않았지만, 이들과 그레고리 남작의 저택까지 함께 갈 마음은 없었다. 그러다가 마부라도 맞닥뜨리면 어떻게 될지 모르니 말이다.

뭐, 일이 어떻게 구르든, 적어도 변경 마을에 남아서 썩는 것보다는 나을 터였다.

'어쨌든 지금은 뭐라도 더 배워야 해. 그래야 마력을 쌓지.'

마력은 배움에서 나온다. 그런데 12살 소년 로렌의 배움은 아직 일천해서 영 마력을 끌어내지 못하고 있었다.

물론 지금은 그가 엘프가 아니라 인간이라는 점도 큰 장벽이기는 하지만, 똑같이 인간이었던 김진우일 때도 끌어낸 마력이다. 로렌이라고 못할 이유는 없었다.

그렇다면 전생의 배움에서 마력을 끌어내면 되지 않느냐는 질문이 나올 법도 하지만, 그건 불가능하다. 왜냐하면 전생 회귀의 주문을 사용하기 위해 끌어낼 수 있는 마력은 다 끌어내 써버렸기 때문이다. 새로 마력을 얻기 위해서는 로렌으로서 처음부터 다시 배울 필요가 있었다.

그래도 적절히 뭔가를 더 배우기만 하면, 대마법사 시절만큼은 무리더라도 일신의 안전은 충분히 지킬 힘을 끌어낼 수 있을 것이다.

'그리고… 배울 사람이라면…….'

로렌의 시선이 아가씨와 레윈을 향했다.

어제 자신에게 회복 마법을 써주었으니 두 사람 중 하나는 마법사다. 어쩌면 둘 다 마법사일 수도 있고. 마법이 아닌 다른 수단으로 치료를 해줬을 수도 있다.

그것마저도 상관없었다. '가르침'이 굳이 마법에 대한 것일 필요는 없었으니. 어쨌든 이들에게 어떤 종류로든 가르침을 전수받을 수 있다면 그것보다 좋은 게 없다.

'하지만 너무 기대하는 것도 안 좋겠지.'

당연하지만 마법은 비전(秘傳)이다. 아무한테나 가르쳐 주는 게 아니다. 더군다나 지금의 로렌은 동족, 즉 엘프조차 아니니 가르침을 얻는 것은 더욱 어려울 터였다.

'그런데 저 둘, 뭐 하는 거지?'

아까부터 둘이서 뭔가 티격태격하고 있다. 그러더니 결국 레윈이 아가씨의 등에서 배낭을 벗겨냈다. 언쟁은 레윈의 승리로 끝난 모양이었다.

"이게 네 짐이다."

레윈은 그렇게 말하며 배낭을 로렌의 등 위에 얹어놓았다.

"제 짐은 제가 혼자서도 옮길 수 있어요."

아가씨가 불만스러운 듯 말했다.

"그렇게 말하지 마, 아가씨. 이 녀석에게 아무 일도 안 줄 셈이야? 우리 고용인이라고."

레윈은 그렇게 말하고는 로렌의 어깨를 두들겼다.

"별로 무겁진 않을 테지만 수고 좀 해줘라."

"알겠습니다, 레윈 씨."

실제로 짐이 무거운 것도 아니었을뿐더러, 어차피 간밤에 받은 회복 마법 덕분에 컨디션이 괜찮았다. 충분히 옮길 수 있을 것이다. 로렌은 그렇게 생각했다.

"자, 곧 일행이 움직일 거야. 낙오당하지 마라."

"열심히 하겠습니다."

배낭의 끈을 고쳐 매고, 로렌은 움직이기 시작한 일행을 따라 걷기 시작했다.

*　　　　*　　　　*

열두 살 소년의 체력은 로렌이 스스로 판단했던 것보다 훨씬 안 좋았다. 낙오당하지 않기 위해서 이를 악 물어야 했으니 말이다.

야영지에 도착했을 때 로렌의 장딴지는 알이 배겨 단단해져 있었고, 발바닥은 물집이 생겼다 터져 상처투성이가 되어 있었다. 겨우 하루 동안의 행군으로 이렇게 되다니, 로렌은 스스로가 한심해 헛웃음을 지었다.

'아니, 난 열두 살 어린애한테 대체 무슨 기대를 한 거지?'

어쩌면 '낙오당하지 않는다'는 조건은 의외로 충족시키기 힘든 조건일지도 모른다는 생각이 퍼뜩 들었다.

'아니야. 난 이것보다 힘든 시간도 보내봤어.'

김진우였던 시절, 그는 인류를 위협하는 괴물들과 싸우기 위한 마력을 남겨두기 위해 자신의 몸을 일상적으로 혹사시켰다. 그때 달했던 한계를 생각하면 지금의 상황은 한계라고 하기도 힘들었다.

'이 정도는 문제도 안 되지.'

괜히 약한 마음을 먹었던 그는 각오를 다잡았다. 이 정도의 행군은 아직 버틸 만했다. 귀에서 피를 쏟으며 혼절한 것도 아니지 않은가.

그런데 로렌이 식사를 분배받아 먹으려고 자리에 퍼질러 앉았을 때, 그의 발을 본 레윈이 얼굴 표정을 갑자기 확 굳혔다.

"너 이 자식……."

내 연약함에 화가 난 건가? 로렌은 순간적으로 생각했다.

하지만 아니었다. 레윈은 순식간에 주문을 완성시켜 로렌에게 뿌렸다. 회복 마법이었다.

전신에 모래주머니를 묶어둔 것 같은 묵직한 피로감이 한 순간에 사라진 것은 물론 피투성이가 되어 있던 발바닥에도 새 살이 돋아났다.

'훌륭하군.'

아직 그럴 깜냥도 아닌데도 로렌은 반사적으로 레윈의 마법을 평가해 버리고 말았다. 물론 객관적으로 봐도 레윈의 마법은 훌륭했다. 물론 대마법사 지위에 올랐던 로렌 하트에 비하면 턱없이 부족한 실력이긴 했지만, 고작 30대의 나이로 이룰 수 있는 성취는 아니었다.

'레윈이 동안인 건가? 나이대가 더 높을 수도 있겠어.'

그런 생각을 할 상황은 아니었지만 로렌은 그런 생각을 하고 있었다.

"왜 참았어?"

레윈이 그렇게 묻기 전까지는.

"참을 수 있으니까요."

로렌은 반사적으로 대답했다. 별생각 없이 한 대답이었다. 그러자 레윈의 얼굴이 더욱 무섭게 굳었다. 로렌은 그제야 정신이 퍼뜩 들었다.

"…죄송합니다."

"왜 네가 사과를 해……!"

잘 모르겠지만 레윈이 화가 난 상태니 일단 사과를 해봤지만, 돌아온 대꾸가 영 이상했다. 레윈은 분명 화를 내고 있었지만, 로렌 입장에서는 왜 화를 내고 있는지 이해가 가질 않았다.

"미안한 건 미안해해야 할 쪽은 내 쪽이다. 미안하다, 로렌."

"어째서……."

"인간 어린애가 이렇게 약할 줄은 몰랐어."

레윈의 말은 어떻게 듣기로는 비꼬는 것처럼 들리기도 했지만 아마도 진심일 터였다. 그래도 같은 나이의 엘프 어린이보다는 제가 더 강인할 텐데요, 같은 소릴 해봐야 씨알도 먹히지 않으리라.

"그거 봐요. 왜 내 짐을 맡겨서. 내일부터는 제가 제 짐 직접 들게요."

옆에서 아가씨가 쾌활하게 웃었다. 상황이야 어찌 됐든 자기 의견이 맞았다는 게 통쾌한 모양이었다. 레윈의 시선이 아가씨를 향하자 곧 입을 다물긴 했지만 말이다.

"그러도록 해, 아가씨."

결국 레윈이 패배를 인정하자 아가씨는 다시 작은 새처럼 웃었다.

"고통에 강하구나, 로렌. 나라면 못 참았을 거야."

그러더니 다시 그렇게 재잘대기 시작했다. 힐끔힐끔 레윈의 눈치를 보면서긴 했지만 일단은 로렌을 향한 말이니 레윈도 뭐라고 하지 못했다.

"네, 뭐… 익숙하니까요."

"여행에는 별로 익숙해 보이지는 않았는데."

"그건… 그렇죠."

김진우라면 모를까, 로렌에게는 확실히 이번이 생애 최초의 여행이었다. 그렇기에 인정하지 않을 수가 없었다. 그러자 아가씨도 하늘을 올려다보았다.

"이런 어린애한테서 고통에 익숙하다는 말은 듣고 싶지 않았는데."

아니, 네가 물어봤잖아. 아가씨한테 대고 당연히 그런 말을 할 수는 없었기에, 로렌은 그냥 입을 다물고 있었다.

레윈도 침묵해 버린 터라 이상하게 분위기가 무거웠다.

'불편하군.'

이들 생각이 어떤 건지는 대충 알았다. 어린애를 너무 혹사시켜 버렸다는 죄책감 때문이겠지. 하지만 그런 죄책감은 로렌에게 별 도움이 안 된다. 그 죄책감을 떨치지 못하고 로렌을 버려 버릴 가능성도 없진 않으니까.

죄책감이란 건 불쾌하게 마련이고, 사람은 불쾌감의 원인을 멀리 하고 싶어 하는 게 본성이다. 그러니 로렌이 버려질지도 모른다고 생각하는 것도 그저 부자연스럽기만 한 상상은 아니었다.

한숨이라도 푹 내쉬고 싶은 기분이지만 그렇다고 여기서 로렌이 한숨을 내쉬어 버리면 상황은 더욱 악화될 터였다.

"내일은 좀 더 잘 걸을 수 있을 겁니다."

그래도 아무 말도 않고 앉아 있긴 좀 그래서 일단 그런 소릴 해봤다.

"오늘 감 좀 잡았거든요."

"…그러냐."

레윈이 한숨을 푹 내쉬곤 그렇게 대꾸했다.

"도중에 아프면 말해. 회복시켜 줄 테니까."

"마법이란 거, 그렇게 남용하면 안 되는 거 아닌가요?"

"그렇긴 하지. 남용이란 말도 알고, 똑똑한걸?"

레윈은 로렌의 머리를 마구 헝클었다.

"어린애는 그딴 거 생각 말고 어른이 해주는 거 받기나 해."

"…감사합니다."

"어, 그래. 감사의 마음을 잊으면 안 되지."

"네, 그럼 이제 먹어도 되나요?"

무거워진 분위기 때문에 로렌은 받은 음식을 그냥 들고만 있었다. 그런 로렌의 손을 본 레윈은 눈을 두 번 깜박이더니 느닷없이 큰 웃음을 터뜨렸다.

"그래, 먹어라. 잔뜩 먹고 얼른 커라!"

*　　　*　　　*

다음 날.

내일은 좀 더 잘 걸을 수 있다는 말은 그저 로렌의 허세일 뿐인 것은 아니었다. 이미 그는 김진우일 때의 경험으로, 회복 마법이 인체에 어떤 영향을 끼치는지 잘 알고 있었다.

본래 인체는 무리해서 손상이 간 부위를 더욱 단단하게 회복시키는 능력을 갖고 있다. 운동이라는 행동의 메커니즘이 이거다.

이것은 회복 마법으로 인한 빠른 회복에도 그대로 적용된다. 원래는 지나치게 무리하면 신체의 회복력이 따라가지 못해 문제가 생길 경우라도 회복 마법을 통해 빠르게 회복시켜 주면 극적인 신체 능력의 증강이 이뤄진다.

'그래도 김진우일 때보다 효과가 좋군. 아직 어려서 그런가.'

김진우는 스무 살이 되어서나 제대로 마법을 쓸 수 있게 되었으니, 회복 마법의 효과를 성장기에 체험하는 것은 로렌으로서가 처음이었다. 기분 탓인지 키도 좀 커진 것 같았다.

"정말로 어제보다 잘 걷는군."

옆에서 잘 걷고 있는 로렌을 관찰하던 레윈이 문득 감탄하며 말했다. 어제보다 조금 더 발달한 다리 근육으로 로렌은 힘차게 걷고 있었다.

엘프는 인간과는 달라서 운동을 해도 근육이 쉽게 발달하지 않고, 부러진 뼈가 더욱 단단히 붙지도 않는다. 아무래도 긴 수명을 위해 희생된 부분이 있기 때문일 터였다. 그런 이유에서 이런 회복 마법의 극적인 효과는 로렌 하트도 엘프였던 시절에는 잘 몰랐다.

대마법사였던 로렌 하트도 몰랐는데, 레윈이 이런 사실을 알 리 없었다. 그러니 감탄하는 것도 무리는 아니었다.

"그래도 너무 무리하지는 마라."

"예, 레윈 씨."

레윈의 말에 로렌은 고개를 끄덕였다.

사실 무리해서 또 회복 마법을 받으면 로렌은 더 강해질 수도 있다. 하지만 로렌은 무리할 생각이 없었다. 레윈은 필요하면 부담 없이 말하라고 했지만, 그렇다고 정말로 레윈에게 회복 마법을 부탁할 생각도 없었다. 대신 다른 걸 생각했다.

'빨리 마법 능력을 성장시켜서 내가 직접 회복 마법을 써야지.'

멸망한 지구에서 오랫동안 혼자 산 탓인지 그는 자립심이 강했다.

더군다나 회복 마법에 대한 의존성이 생기는 건 좋지 않다. 인체라는 건 영악해서 그럴 필요가 없다고 생각되는 기능에는 에너지를 금방 커트해 버린다. 회복 마법에만 의존하면 자연 치유력이 떨어질 수도 있다는 뜻이다.

인간이라 엘프보다 마력의 변환 효율이 낮은 로렌에겐 별로 좋은 현상이라고는 할 수 없었다. 그러니 신체에 자연스러운 회복 능력을 기억시키는 것도 중요했다.

*　　　　*　　　　*

그렇게 로렌은 이틀째의 행군을 회복 마법 없이 버텨냈다. 눈에 딱 띄는 가시적인 성과에 그는 성취감을 느꼈다.

'뭐, 좀 피곤하긴 하지만.'

하루 종일 걸었는데 피로감이 안 생길 리는 없었다. 사실 발에도 상처가 좀 나긴 했고.

그래도 로렌은 아무 내색하지 않았다. 오늘만큼은 혼자 힘으로 버텨보겠다는 로렌의 생각을 꿰뚫어 본 건지, 레윈도 아무 말 하지 않았다.

"로렌, 괜찮아?"

하지만 아가씨에겐 그런 게 없었다.

"네. 괜찮습니다, 아가씨."

"그래? 무리하는 거 아니지?"

"무리하는 거 아닙니다, 아가씨."

"그럼 다행이지만… 정말이지?"

"정말입니다, 아가씨."

이러고도 눈을 샐쭉하니 뜨고 로렌을 지켜보고 있었다. 아가씨의 성격은 생각보다 끈질겼다.

"그런데 있잖아."

"네, 아가씨."

아직 대화는 끝나지 않은 모양이었다. 뿜어져 나오려는 한숨을 꾹 눌러 참고, 로렌은 웃으며 아가씨의 말에 대꾸했다.

"로렌은 꿈이 뭐야?"

"네? 꿈이요? 밤에 잘 때 꾸는 꿈?"

"아니, 그거 말고."

"아가씨, 북부 공용어 잘하시네요. 엘프어로도 그 꿈하고 저 꿈하고 같은 발음인가요?"

"왜 자꾸 말을 돌려? 나하고 이야기하는 거 싫어?"

솔직히 좀 귀찮긴 했다. 그가 이런 어린애하고 말 따먹기나 하고 있을 군번은 아니지 않은가? 물론 지금의 로렌은 12살이고, 아가씨가 열 살 정도 더 많긴 할 것이다. 김진우일 때도 입대하기 전에 일이 터져서 군번이고 없었지만.

여하튼.

"일단은 살아남는 게 제 꿈일까요? 이상이나 장래희망 같은 걸 품을 정도로 넉넉한 입장은 아니라서."

로렌은 그렇게 둘러대었다. 최대한 많은 능력과 기술을 손에 넣어서 다시 지구로 가 인류를 멸망의 운명에서 건져낸다는, 지금 생각하기에는 너무 터무니없는 목적에 대해 벌써 발설하기는 좀 그랬다.

"응, 내 꿈은……."

아가씨는 로렌의 말은 듣는 둥 마는 둥 하고 곧장 자기 이야기를 시작했다. 애초에 자기 꿈이 뭔지 떠들기 위해서 이야기를 꺼낸 모양이었다.

"아가씨."

그럴 때, 갑자기 레윈이 아가씨를 불렀다. 이어질 말을 끊기 위해서 부른 것 같았다.

"괜찮잖아요. 상대는 로렌인데?"

"흠……."

레윈은 로렌을 지긋이 바라보았다. 그러고선 이렇게 말했다.

"그건 그렇군."

아니, 이 사람들은 대체 만난 지 겨우 이틀 된 꼬맹이의 뭘 보고 이렇게 신뢰하는 거지? 로렌은 누구라도 붙잡고 그렇게 하소연하며 물어보고 싶은 심정이었지만 어쨌든 그냥 잠자코 있었다.

“그럼 귓속말로 해. 주변에 들려서 좋을 게 없는 이야기니까.”

“그건 그렇네요.”

아가씨는 납득하고 고개를 몇 번 끄덕였다. 그리고 그 작고 따뜻한 입술을 로렌의 귀에 가져다 댔다. 12살 소년에게는 지나치게 자극적이어서, 만일 로렌이 아니었다면 아가씨의 어깨를 밀어 넘어뜨렸을지도 모른다.

“후.”

긴장하며 기다리고 있으려니 아가씨의 따뜻한 입김이 로렌의 귀에 닿았다.

“으악?!”

로렌이 놀라 뒷걸음질 치자 아가씨는 그런 로렌을 보며 깔깔 웃었다.

“미안, 미안. 갑자기 장난기가 돌아서.”

“그렇군요, 아가씨.”

로렌은 간신히 평정심을 되찾고 냉정한 척 대꾸했다.

“뭐야, 화난 거야?”

“아닙니다, 아가씨.”

“화난 것 같은데.”

진짜 끈질겼다.

“그래서 아가씨의 꿈은 결국 뭐죠?”

그래서 로렌은 억지로 다시 화제를 원래 궤도 위로 돌려놓았다.

"아, 그 이야기를 하고 있었지."

아가씨는 로렌에게 손짓을 했다. 다시 가까이 오라는 의미일 터였다. 로렌은 잠깐 망설였지만 그냥 순순히 아가씨에게 자신의 귀를 내주었다. 그러자 아가씨는 이번에야말로 달콤한 목소리로 로렌의 귓가에 이렇게 속삭였다.

"모든 인류의 해방과 번영이야."

그 내용은 달콤할 수 없는 내용이었다.

*　　　*　　　*

타닥타닥.

장작이 타오르는 소리가 들린다.

모닥불 소리는 아니었다. 화르르륵하고 타오르는 불길은 모닥불이 낼 수 있는 화력이 아니었다. 기름에 적신 장작들이 광장 한가운데에 잔뜩 쌓였고, 사람들이 거기다 불을 질렀다.

장작의 한가운데 삐쭉 솟은 통나무가 보였다. 그리고 그 통나무에는 여자아이가 하나 묶여 있었다.

끔찍한 광경이지만 로렌은 눈을 뗄 수 없었다.

불꽃의 붉은 혀가 날름거리며 소녀의 발을 핥았다. 소녀의 입에서 고통스러운 비명이 터져 나왔지만 사람들의 함성에 묻혀 들리지 않았다.

"마녀를 태워라!"

"마녀를 태워라!!"

사람들은 그렇게 소리 지르고 있었다. 마치 소리 지르지 않으면 다음 차례는 자신이 될 것처럼 필사적으로 목소리를 높이고 있었다.

로렌은 소리를 지를 수 없었다.

마치 누군가가 강제로 조종하듯 그의 시선이 천천히 위로 향했다.

그리고 불타고 있는 소녀와 눈이 마주쳤다.

그 눈동자는 선명한 에메랄드빛을 띠고 있었다. 투명한 것처럼 보일 정도로 새하얀 미소를 지으며 소녀는 그 붉은 입술로 로렌에게 이렇게 속삭였다.

"모든 인류에게 해방과 번영을."

*　　*　　*

로렌은 벌떡 일어났다.

"크헉! 헉! …꾸, 꿈인가?"

꿈인 건 맞았다. 그러나 유감스럽게도 그 내용마저 전부 꿈인 건 아니었다.

'모든 인류의 해방과 번영이라니…….'

잠이 덜 깨서 그런 건지, 머리가 지끈지끈거렸다. 아니, 이 편두통의 원인은 잠이 덜 깨서가 아니다.

스트레스다.

"…후… 우."

이런 일에 끼어들게 될 줄이야. 상상도 못 했다.

지구에서는 인류라고는 인간밖에 없었지만 이 세계에서는 다르다. 인류라는 건 사람 모양을 한 종류의 생물들을 뜻한다. 가장 대표적인 인류는 당연히 인간이고, 그 외에 엘프 등의 인간 외 종족도 인류에 속한다.

그리고 아가씨가 말한 모든 인류의 해방과 번영이라 함은 현재 노예나 천민으로 전락한 종족들마저도 해방시키겠다는 의미이다.

예를 들어 가장 대표적인 불가촉천민 중 하나인 로어 엘프라든가.

제정신으로 할 소리는 아니다. 지금 노예는 사유재산이다. 그런 노예를 해방시키겠다는 건 노예를 소유하고 있는 자산가들에게서 재산을 억지로 빼앗아 풀어주겠다는 말과 별로 다르지 않다. 물론 그 뜻은 숭고하지만 남의 것을 빼앗는 행위에는 희생이 따르게 마련이다.

그리고 로렌은 알고 있다. 이 작고 어린 장난꾸러기 아가씨의 숭고한 뜻은 이뤄진다.

그녀의 목숨을 번제물로 삼아서.

"하… 하!"

손끝이 바들바들 떨렸다. 숨이 제대로 쉬어지질 않는다. 식은땀이 계속해서 배어 나오고 있었다.

이 아가씨는 로렌 하트의 은인이다.

그녀의 희생으로 로어 엘프 로렌 하트는 천민의 지위에서 벗어나 엘프어를 배우고, 마법을 배우고, 대마법사가 될 수 있었다. 그저 5년간 고향 마을에서 처박혀만 있던 로렌 하트는 특별히 따로 아무것도 지불하지 않은 채 그 모든 권리를 손에 쥘 수 있었다.

"…아니, 아닐지도 몰라."

그저 우연의 일치일지도 모른다.

희생된 소녀, 엘프 마녀 라핀젤. 라핀젤 발레리에 넬라. 그녀의 기록에 대해서는 몇 번이고 읽었다. 물론 지금의 로렌이 아니라 대마법사 로렌 하트일 때의 이야기다.

그럼에도 그는 이제까지 로렌 하트가 소매치기를 시도해야 했던 검은 머리 엘프가 번제물로 태워진 희생양 소녀와 같은 인물이라고 이제까지 단 한 번도 생각해 본 적이 없었다.

그야 라핀젤은 로렌에게 있어서 역사 속의 인물이다. 자신을 해방시켜 준 은인이자 위인이다! 옷깃이라도 스쳐간 인연이 있었으리라고는 상상조차 못 해볼 위대한 인물이다.

그런 위대한 라핀젤이 이런 변경에서 흙바닥에 몸을 눕히고 별을 이불 삼아 자고 있겠는가? 아가씨의 꿈이 우연히 라핀젤의 꿈과 같을 수도 있는 것 아니겠는가. 그 상상이 오히려 더 현실감이 있었다.

그럼 어째서 로렌은 아가씨의 꿈에 대해 들은 순간 라핀젤부터 떠올린 걸까.

'그냥 추측이야. 뒷받침이 될 만한 근거 따위는 아무것도 없어.'

그럼에도 로렌은 불길한 예감에 사로잡혀 온몸을 부르르 떨었다. 다시 한 번 고개를 푹 숙이고 한숨을 몰아 내쉰 후, 그는 냉정을 되찾고 사고방식을 바꾸어보았다.

'현자는 항상 최악의 가능성을 생각해야 하는 법. 반대로 생각하자.'

만약 아가씨가 라핀젤이라면? 답은 금방 나왔다.

'죽게 내버려 둬야 해.'

로렌이 엘프에서 인간이 된 것도 사실 꽤 큰 변수지만, 아직 그는 역사에 이름을 남길 만한 인물은 아니다. 그가 고향 마을에서 5년 더 빨리 빠져나온다는 변수는 작은 편이고, 어떻게 잘못해서 죽지 않는 한 미래에 큰 영향은 끼치지 못할 것이다.

하지만 라핀젤은 다르다. 그녀의 죽음은 역사에 커다란 파장을 일으킨다. 만약 그녀가 죽지 않게 된다면, 역사가 어느 방향으로 뒤틀릴지 로렌은 쉬이 상상해 낼 수 없었다.

그러니 죽게 내버려 둬야 한다.

'죽게… 크……'

로렌은 이를 바득바득 갈았다.

'본 지 겨우 이틀 된 여자다. 내가 그녀에게 사랑에 빠진 것도 아니고, 반대도 마찬가지야. 아무 사이가 아니라고!'

타인이다. 그저 옷깃만 스쳐간 인연. 그게 아가씨와 로렌의 사이다. 죽게 내버려 두는 것에 한 치의 망설임도 없어야 한다. 그게 정상이다.

그게 과연 정상일까?

"하!"

로렌은 짧게 웃었다. 웃을 수밖에 없었다. 다른 결론에 도달했기 때문이다.

'내가 아무리 전력을 다해 그녀를 구하려고 한들, 지금의 내 힘으로 구할 수 있을까?'

답은 불가능. 열두 살 꼬맹이가 무슨 힘이 있다고 그녀를 구할 생각을 한단 말인가? 처음부터 변수 따윈 없었다.

"괜히 고민했네."

그는 다시 모포 속에 파고들었다.

그러나 잠이 오지는 않았다. 내일도 행군이 이어질 텐데. 아직 작은 그는 아가씨가 라핀젤이 아닐지도 모른다는 가장 긍정적인 가정에 매달려 마음을 안정시키려 애쓸 수밖에 없었다.

*　　　*　　　*

'으… 피곤해.'

아침에 일어나서 가장 먼저 느낀 것은 피곤함이었다. 결국 로렌은 밤늦게까지 잠들지 못하고 새벽녘에나 간신히 눈을 붙일 수 있었다.

"괜찮아? 로렌. 레윈 아저씨한테 회복시켜 달라고 할까?"

아가씨는 쾌활하게 웃으며 로렌에게 말을 걸었다. 누구 때문에 잠도 못 자고 밤을 지새운 건지, 상상조차 못 하는 표정이었다.

"아뇨, 괜찮습니다."

물론 내색 같은 걸 할 로렌은 아니었다. 그는 딱 잘라 아가씨의 제안을 거절했다. 자칫 잘못했다가 아가씨의 이름을 자기도 모르게 입 밖에 낼 수도 있다고 생각했기 때문이다.

'아니, 이 아가씨가 라핀젤이라고 아직 정해진 것도 아니잖아.'

지푸라기에 매달리기라도 하듯 가장 희망적인 가설에 매달리며 로렌은 고개를 흔들었다.

"진짜 괜찮아? 안 괜찮은 것 같은데."

그런 로렌의 상태에 사뭇 걱정이 된 듯 이번엔 미소까지 지우고 진지하게 걱정을 하기 시작하니, 이젠 상념에 빠져 있을 수만도 없게 되었다.

"괜찮습니다. 괜찮아요, 아가씨."

"그래? 그렇다면 다행인데."

별로 믿어주는 것 같지는 않지만 로렌이 강하게 말하자 일단 물러나 주기로 한 모양이었다.

"조금만 버텨라, 로렌. 내일이면 사운델리야."

레원이 옆에서 끼어들었다.

사운델리. 로렌의 1차 목적지였다. 여기에서 그냥 아가씨 일행과 헤어져 버리면 더 이상 불편한 생각에 시달릴 것도 없이 끝난다.

"그럼 머리도 감을 수 있고, 목욕도 할 수 있겠지?!"

분명 로렌을 향한 말이었을 텐데도 아가씨에게서 격렬한 반응이 돌아왔다.

"야영지에서 대충 해결하라니까, 부끄럽다고 거절한 건 아가씨잖아."

레원이 한숨 섞인 목소리로 말했다.

"가림 막도 없이 그냥 냇물에서 물 길어다가 씻으라니, 그건 아니잖아요."

"아니긴 뭐가 아니야? 누가 아가씨 아니랄까 봐."

그러자 이번엔 아가씨가 발끈했다.

"저 나이 대 소녀에게는 자연스러운 수치심이에요!"

"아직 어린애 주제에."

레윈의 그런 혼잣말에 주위 기온이 2도 정도 내려갔다.

"…방금 뭐라고 했어요?"

"아니, 난 아무 말도 안 했어."

둘 사이에 로렌이 끼어 있어 그의 머리 위로 고성이 오갔지만, 끼어들기도 싫은 말다툼이었기에 그는 아무 말도 하지 않았다.

"얘, 로렌. 내가 씻고 있으면 훔쳐볼 거야?"

그러나 아가씨는 로렌을 가만두지 않았다.

"왜 또 애한테 시비를 걸어?"

그런 아가씨를 레윈이 제지했다. 그러자 아가씨가 욱하고 소릴 질렀다.

"아저씨 기준으로는 저도 애잖아요!"

"나를 아저씨라고 부르는 걸 그만두면 나도 아가씨를 애 취급하는 걸 그만둬 주지."

"싫은데요. 아저씨를 아저씨라고 불러야지, 다른 무슨 말로 부르란 거예요?"

"오빠라든가?"

"징그러워!"

로렌 하트나 김진우의 인식으로는 둘 다 어린애인데 잘도 투닥거린다고도 생각이 들었지만, 아직 12살인 지금의 로렌에게는 그런 소릴 입 밖에 낼 자격이 없었다.

'불편하구나.'

로렌은 한숨을 곱씹었다.

역사 속의 위인, 라핀젤이 자길 애 취급 말라며 티격태격 다투는 장면은 상상조차 해본 적이 없었다. 대체 왜 아가씨를 보고 라핀젤이라고 생각했는지 로렌은 의문으로 느꼈다.

"로렌! 내가 애처럼 보여, 어른처럼 보여?"

깊은 생각에 잠길 새도 없이, 로렌은 다시 끌려 나왔다.

"아가씨처럼 보입니다, 아가씨."

로렌은 대충 둘러대었다. 이 한심한 언쟁에 끌려들어 갈 생각은 추호도 없었다.

"비겁한 대답이로군."

레윈이 냉소했다. 그리고 곧장 재차 질문을 던져왔다.

"그래서 애처럼 보이냐, 어른처럼 보이냐."

아무래도 레윈은 로렌을 궁지로 몰아야 성이 찰 듯 보였다. 하지만 레윈의 말에는 빈틈이 있었다. 로렌은 그 빈틈을 놓치지 않고 파고들었다.

"레윈 씨 말씀입니까? 애처럼 보입니다만."

로렌의 말을 옆에서 듣던 아가씨가 통쾌하다는 듯 깔깔 웃었다.

"말 좀 할 줄 아는구나, 로렌!"

그러나 레윈의 반응은 아가씨의 기대와는 달랐다. 레윈은 만족스러운 듯 고개를 끄덕이며 이렇게 말했다.

"그래, 아저씨보다는 애가 낫지."

"어, 진짜로?"

아가씨는 눈을 휘둥그레 떴다. 꽤나 의외인 듯했다. 물론 레윈은 아가씨의 그런 반응을 끌어내기 위해 일부러 연기한 거겠지만, 로렌은 굳이 그 사실을 지적하진 않았다.

두 사람 다 일부러 왁자지껄 떠들고 있다는 걸 뒤늦게라도 눈치챘기 때문이었다. 로렌이 오전부터 계속 어두운 표정을 짓고 생각에 빠져 있으니, 분위기를 밝게 끌어 올리려고 바보 같은 말다툼을 시작한 것이리라.

눈치챈 이상, 더 이상 혼자 상념에 빠져 있을 수는 없었다.

"농담입니다. 엘프는 인간보다 성장이 약간 느리다던데, 그럼 두 분 다 저보다 열 살은 연상이실 거 아닙니까? 도저히 애처럼은 안 보입니다. 더군다나 전 열두 살인데……."

"엥? 열두 살?"

아가씨가 이상한 데서 반응했다.

"그런데 왜 그렇게 작아?"

"열두 살짜리 엘프보다는 큰 것 같은데……."

아가씨의 말에 로렌이 약간 욱해서 대꾸했지만, 그 대꾸는 레윈에 의해 깨끗하게 무시당했다.

"잘 먹질 못해서 그렇지……. 오늘은 많이 먹어라. 어제보다 두 배 먹어라!"

기이한 패배감이 로렌의 심장을 틀어쥐었다.

*　　　　*　　　　*

엘프 대마법사, 로렌 하트는 그다지 선량한 인물은 아니었다. 명확하게 하자면 이기적인 인물에 더욱 가까웠다. 본인이 스스로를 돌아보기에도 그랬으니 다른 사람 눈에는 얼마나 사악하게 보였을까. 로렌은 굳이 추측하려 들지 않았다.

로렌 하트로 보낸 긴 세월 중 극히 일부분에 불과한 20년가량의 유년기가 그를 그렇게 만들었을지도 모른다. 나 먹을 걸 챙겨도 항상 모자라던 그때의 기억이 그의 생애 전체를 휘어잡아 비겁하고 이기적인 인격을 형성했을지도 모른다.

아니, 이 또한 그저 변명이리라. 그 뒤로도 그는 스스로를 바꿀 필요를 느끼지 못했으니 그가 이기적이었던 것은 온전히 그의 책임이었다.

김진우도 지금의 로렌이 생각하기에는 충분히 이기적이었다. 김진우가 괴물들을 물리치기 시작한 이유는 인류를 구한다든가, 그런 거창한 목적 의식 따위가 아니었다. 단지 화려한 전성기를 구가하고 있던 그의 인생을 망친 그것들이 짜증났기 때문이었다.

그 뒤로 인류의 구원자니 뭐니 부담스러운 타이틀이 붙기 시작하지만, 그거야 다 의미 없는 일이다. 결국 아무도 구원받지 못했으니까. 김진우 본인조차.

그러니 세 번째의 삶을 사는 현 로렌도 별로 착하진 않을 것이다, 그렇게 결론을 내릴 수 있을 것이리라.

'그래, 난 아무것도 몰라.'

하루 종일 생각한 결과가 그거였다.

'아가씨가 라핀젤일 리 없지! 설령 라핀젤이더라도 내가 구할 수 있을 리 없고!!'

로렌은 그렇게 생각하기로 하고, 그냥 당초 생각대로 사운델리에서 이 일행과 헤어져야겠다는 결론을 내렸다.

이 야영지에서 마지막 밤을 보낸 후, 이제 한나절만 더 걸으면 사운델리다. 사실 몸 여기저기가 이래저래 한계였지만 회복 마법은 일부러 받지 않았다. 빚을 더 늘리고 싶지 않았기 때문이었다.

물론 아가씨와 레윈은 로렌에게 회복 마법값을 내라고는 한 마디도 하지 않았다. 그러니 명확하게 하자면 빚을 지는 건 아니었지만, 그래도 은혜를 입은 사람은 마음의 빚이라는 걸 진다. 그 빚을 갚느냐, 안 갚느냐, 못 갚느냐의 문제는 또 다른 문제지만 어쨌든 그런 게 생기긴 하니 더 빚지고 싶지 않다는 게 로렌의 심정이었다.

사운델리까지 가고 나면 거기서부터는 알아서 해보겠다고, 로렌은 이미 레윈에게 말했다.

"그래, 어쩔 수 없지. 이 여행은 너한테는 너무 가혹하니까."

레윈의 대답은 이랬다.

"혼자서 괜찮겠어? 그래도 우리랑 같이 가는 편이… 아니다, 네 의견을 존중할게. 하지만 우리랑 함께하고 싶으면 언제든 돌아와! 널 먹이고 재울 돈은 있으니까!!"

아가씨도 걱정스러운 표정을 지었다가 애써 밝게 웃으며 이렇게 말했다.

기왕 이렇게 된 거 사운델리의 여관에서 제대로 된 식사도 같이하자고도 제안했지만 로렌은 거절했다. 하지만 그 거절은 거부당했다.

이렇게 된 이상 어떻게 해서든 밥은 먹이고 보내야겠다는, 이젠 배려라고 하기도 좀 그렇고 차라리 오기라 하는 게 맞을 기운이 아가씨의 에메랄드빛 눈동자에서 넘실거리고 있었다.

'참 대책 없이 좋은 사람들……'

그래서 더욱 가슴이 아팠다, 배신하는 것 같아서. 사실 객관적으로 보자면 로렌이 그들 일행에서 빠져주는 게 그들의 부담도 덜고 좋은 일이련만. 이상한 넘겨짚기가 그의 양심을 계속해서 괴롭히고 있었다.

'아가씨가 라핀젤일 리 없잖아? 나랑 상관없어.'

이미 몇 번이고 되뇐 말을 자신에게 새기기라도 하듯 다시금 되뇌며 로렌은 팔로 자신의 얼굴을 덮었다.

3장
사운델리에서 일어난 일

로렌이 속한 여행자 무리가 사운델리에 도착했다. 사운델리부터는 그레고리 남작의 행정력이 제대로 기능하는 지역인지라 치안이 안정되어 있고 마물도 출현하지 않는다. 그러므로 여기서부터는 여행자들이 무리를 이룰 필요가 없었다.

"여기서부터는 완전히 안전하니 이제 해산할까 합니다. 다음에 인연이 있으면 또 봅시다."

여행자 무리의 리더 격이라고 할 수 있는 보부상들의 대표가 로렌을 비롯한 여행객들에게 말했다. 용병들은 잔금을 받고 떠날 것이고, 보부상들은 사운델리에서 물건을 사고팔거나 휴식을 취할 것이다.

그리고 아가씨와 레윈은 사운델리에서 하루 묵은 다음, 바로 그레고리 남작의 저택을 향할 것이라고 한다.

"수고하셨소, 마법사. 애들 둘 데리고 여행하기 힘들었을 텐데, 고생 좀 했겠군."

보부상 대표가 레윈을 찾아와 말했다. 그 말을 들은 아가씨의 입술이 삐죽이는 걸 로렌은 놓치지 않았다. 레윈도 웃음을 참으며 예의 바르게 대답했다.

"별말씀을."

"또 인연이 있으면 좋겠군. 당신 정도로 실력이 좋은 마법사라면 혹 몇 개 정도는 달아도 상관없을 테니. 아니, 혹이라고 하면 작은 아가씨에게 실례이려나."

"실례예요!"

아가씨가 바로 반응했다.

"이것 참, 미안하네!"

껄껄 웃던 보부상 대표의 시선이 이번에는 로렌을 향했다.

"그리고 꼬마야, 너도 꽤 근성이 있더구나."

"네? 아, 네. 감사합니다."

그가 자신에게 말을 걸 거라고는 미처 예상하지 못한 로렌은 급히 고개를 숙여보였다.

"무슨 사정이 있는지는 모르겠다만, 네 앞길이 잘 풀리길 기원해 주마."

로렌의 어깨를 한 번 두드리고, 보부상 대표는 돌아섰다. 그리고 곧장 다른 여행자들과 덕담을 나누기 시작했다.

"인맥 만들기야."

레윈이 귀띔해 주었다.

"보부상이라도 상인은 상인이니까 인맥이 있어서 나쁠 건 없지. 더군다나 저 사람은 야망이 있는 편이라서. 저런 거 보면 괜히 대표 자리에 있는 게 아니다 싶다."

그렇게 말하고는 레윈은 로렌의 손목을 잡았다.

"자, 밥이나 먹으러 가자."

마치 놓치지 않겠다는 듯 아가씨도 로렌의 반대쪽 손목을 꽉 잡았다.

"이러니까 연행당하는 것 같은데요."

"연행이라는 단어도 알고, 로렌은 묘하게 유식한 구석이 있구나."

아가씨는 재미있다는 듯 웃었다.

"알았어요. 도망 안 칠 테니까 이제 그만 놓아주세요."

로렌은 포기한 듯 말했다.

"싫은데?"

"얼른 가자."

그러나 다 소용없었다. 이렇게 된 이상, 로렌은 그냥 끌려가는 수밖에 없었다.

*　*　*

제대로 된 요리는 처음 먹어보았다.

김진우가 전생 회귀의 주문을 외운 이후가 아니라, 로렌으로 살아온 지난 12년간을 통틀어서 처음이라는 의미다.

고기를 두들겨 연하게 만든 후 빵가루 옷을 입혀 튀겨낸 뒤 신맛이 나는 소스에 찍어먹는 요리였다. 사용된 재료도 많이 다르고 맛도 꽤나 다르지만 지구식으로 말하자면 탕수육 같은 느낌이었다.

로렌의 인식으로 보자면 말도 안 되게 호사스러운 요리였다. 그의 고향 마을에선 기름 한 통 구하기도 힘드니, 그 인식이 그리 틀리지는 않았다. 하지만 도시 기준으로는 그렇게까지 고급 요리인 건 또 아니었다. 딱 탕수육 정도의 위치를 차지한다고 보면 되었다.

로렌 하트로서의 기억 덕에 이 요리가 그렇게까지 고급이 아님을 알고 있음에도 불구하고, 로렌의 두 눈에서는 언제부턴가 눈물이 흐르고 있었다.

이건 로렌의 탓이라기보다는 김진우로서의 기억 탓이었다.

김진우에게 있어서 탕수육은 이미 멸망한 지구 문명의 요리였다. 물론 이 요리는 탕수육이 아니고 맛도 달랐지만 연상해 버린 건 어쩔 수 없었다.

사실 김진우가 서울에서 잘나갈 때는 탕수육은 싸구려라서 일부러 구해먹지도 않았다. 그러나 인류 멸망 후 5년간은 먹고 싶어도 먹을 수 없는 요리이기도 했다.

모든 요리가 다 그랬지만 하필 탕수육에 로렌의 눈물샘이 반응한 건 그만큼 김진우가 먹고 싶어 했던 요리였기 때문이리라.

세상이 멸망하고 지구에 혼자 남겨진 김진우는 굶주린 채 탕수육 생각을 했다.

중국집에서 시켜먹는 탕수육은 혼자서는 먹을 수 없다. 물론 1인분을 배달시키면 오기야 하겠지만, 보통은 서넛이서 각자 짜장면이니 짬뽕이니 면 요리를 시키고 가운데에 떡하니 놓는 게 탕수육이다. 소스를 부으니 마니로 언쟁을 벌이면서도, 하나라도 더 집어먹으려고 눈치를 보는 게 탕수육이다. 적어도 김진우에게 있어 탕수육이란 그런 요리였다.

그렇기에 다시는 먹을 수 없다고 생각한 요리였다. 신문지를 깔고 둘러앉아 왁자지껄 탕수육을 먹을 일은 이제 없을 거라고 김진우는 생각해 왔다. 돼지는 물론, 튀김옷을 만들 밀과 기름을 만들 콩도, 파인애플마저도, 같이 먹을 사람들과 함께 다 죽었으니까. 그래서 더욱 그리워했던 요리이기도 했다.

"울면서 먹을 건 아니잖아……."

아가씨가 불평이라도 하듯 말했다.

그녀는 막 고기 튀김 위에 소스를 뿌리려 든 참이었다. 일일이 소스에 찍어먹는 게 귀찮다는 게 그 이유였다. 레윈은 원래 그렇게 먹는 게 아니라며 그녀를 막았다.

그들의 언쟁이야말로 진정 로렌을 울렸다고 누가 믿을까. 이 세계의 그 누구도 믿지 않으리라.

'나도 안 믿을 거야.'

로렌은 민망함에 몸부림치며 더러운 소매로 눈물을 훔쳐내었다.

"알았어, 안 뿌리면 되잖아."

아가씨가 소스 그릇을 테이블 위에 도로 놓으며 말했다.

"아뇨… 그런 게 아니라……. 너무… 맛있어서……."

한번 흘러나온 눈물은 영 멈출 줄을 몰랐다. 그래서 변명이랍시고 꺼낸 이야기에 훌쩍임이 섞여 로렌을 더욱 불쌍하게 보이도록 만든 모양이었다. 아가씨가 소스 그릇을 로렌 쪽으로 슥 밀면서 '이거, 너 다 먹어'라고 말하게 만들었으니까.

그런 아가씨의 제안을 로렌은 굳이 거부하지는 않았다. 맛있는 건 사실이었으므로.

*　　*　　*

"우리가 여기 머물 동안 너도 여기서 머물러라."

레윈이 굳은 결심이라도 한 듯 제안했다.

말이 제안이지, 로렌에게 거부권은 없는 게 현실이었다. 그 증거로 레윈은 로렌의 오른 손목을 꽉 붙잡고 있었다. 이 손을 거칠게 뿌리치면 또 모르겠지만 로렌도 그럴 생각은 없었다.

고마운 이야기지 않은가. 어차피 오늘 밤에 묵을 곳도 없었다.

'앞으로도 묵을 곳은 없지.'

그래도 어떻게든 되지 않을까. 삶이란 건 어떻게든 되게 마련이니까. 로렌은 그런 생각으로 이곳 사운델리에 왔다. 다소 무모한 생각이긴 했지만, 그의 입장에서는 이미 한 번 살아봤던 세계다. 일단 닥치면 적어도 처음보다는 나은 선택이 가능하리라.

그리고 지금 내린 그 나은 선택이 '레윈의 제안을 받아들인다'였다.

'하루 덜 보나, 더 보나 별 차이도 없지.'

그래서 로렌은 고개를 끄덕이며 대답했다.

"감사합니다."

레윈도 별말 없이 고개를 끄덕여 답례했다.

* * *

결론부터 말하자면 더 나은 선택이라고 생각했던 그 선택은 별로 좋지 못한 선택이 되어버리고 말았다.

로렌이 하룻밤 같은 숙소에서 묵기로 결정된 직후의 일이었다.

"나 먼저 씻고 올게!"

아가씨가 밝은 목소리로 말했다. 여자한테서 그런 말을 듣는 건 남자 입장에선 참 가슴 뛰지만 당연히도 아가씨는 '그런' 의미로 한 말은 아니리라.

쓸데없이 몽글거리며 떠오른 망상을 머릿속에서 내쫓으며, 로렌은 여전히 레윈에게 손목을 잡힌 채 오늘 묵을 방으로 함께 향했다.

"다 같은 방에서 자는 겁니까?"

"당연하지."

레윈은 뭐 그런 걸 묻느냐는 듯 뚱하니 대답했다. 아가씨의 방을 따로 잡아준다는 발상 같은 건 처음부터 하지도 않았던 모양이었다.

숙소 문을 열어보니 커다란 침대가 놓여 있었다. 스프링이 내장된 매트리스 같은 건 당연히 아니고, 잘 말린 밀짚을 묶어다 두꺼운 천을 씌운 것이다. 그래도 천이 깨끗한 걸 보니 위생 상태는 좋아보였다.

"3인용이야."

레윈이 말했다. 확실히 3인용이긴 했다. 베개도 세 개 놓여 있었고.

"내가 창문 쪽에 자도록 하지. 네가 가운데 자라."

"그럼 제가 아가씨 옆에 자는 겁니까?"

"이제까지도 그래왔지 않나?"

지금 와서 무슨 소릴 하냐는 듯 레윈은 뚱하니 대꾸했다.

물론 세 명은 이제까지 같은 모닥불 주변에서 잤지만 제대로 된 숙소에 오고 보니 이상하게 의식이 되었다. 하긴 이건 그의 내용물이 평범한 12세 소년이 아니어서 느끼는 것일지도 몰랐다. 그래서 로렌도 그냥 자기가 바닥에서 자겠다고 말하진 못했다.

"아가씨가 돌아오면 우리 둘이 같이 씻으러 가도록 하지."

하지만 이건 거부하고 싶었다.

"호, 혼자 씻을 수 있어요."

"뭐야, 부끄럼 타는 거냐?"

레윈은 재미있다는 듯 웃었다.

"미안하지만 물을 두 번 쓰면 낭비라서, 네 제안을 받아들일 수는 없다. 돈이 부족한 건 아니지만 낭비는 좋지 않지. 그러니 넌 나와 함께 씻어야 한다."

로렌도 알고는 있었지만 역시 거부권 같은 건 주어지지 않았다.

"…알겠습니다. 같이 씻겠습니다."

"그래, 등을 밀어주지."

레윈이 이상하게 의욕에 차서 말했다. 그 말을 들은 로렌은 그냥 레윈의 손을 뿌리치고 바로 도망칠 걸, 하고 잠깐 후회했다.

*　　　*　　　*

밤이었다.

간만에 깨끗하게 씻고 제대로 된 침대에서 자는 거라 로렌도 완전히 푹 잠들었었다.

와장창하는 소리에 놀라 로렌은 잠에서 깼다. 하지만 그는 움직일 수가 없었다. 아가씨가 그를 꽉 껴안은 채 아직 잠들어 있었기 때문이었다. 그에 비해 레윈은 이미 일어나서 경계 태세를 취하고 있었다.

"레윈 씨?"

"적이다."

레윈은 그렇게 짧게 말했다. 그의 시선을 따라가 보니 복면을 쓴 남자 둘이 보였다. 그 둘은 천천히 칼을 뽑아 들었다. 그러자 레윈은 코웃음을 쳤다.

"그쪽이 칼을 먼저 뽑았으니 이건 정당방위야!"

그 말이 마치 주문이라도 된 듯 번쩍하는 빛과 함께 마법이 오른쪽에 섰던 침입자의 가슴팍에 꽂혔다. 마법에 맞은 침입자는 감전이라도 된 듯 그 자리에서 부르르 떨더니 그대로 쓰러져 버리고 말았다.

'스터너!'

로렌은 속으로 감탄을 삼켰다. 레윈이 방금 사용한 마법은 전기 충격기 같은 효과를 지닌 주문으로, 영창 없이 발동하기에는 꽤 난이도가 있는 주문이었다. 레윈이 괜찮은 마법사라고 생각은 하고 있었지만 이 정도로 실력자일 줄은 로렌도 몰랐다.

놀란 건 침입자들도 마찬가지였다. 동료가 쓰러지는 모습을 본 다른 침입자가 당황한 듯 서둘러 칼을 휘둘렀다. 레윈은 손쉽게 그 칼을 피했다. 칼은 애꿎은 침대를 갈랐다. '퍽' 하는 소리와 함께 천이 베여 안의 짚단이 뿜어져 나왔다.

"으으음… 뭐야?"

그 충격 탓에 아가씨가 잠에서 깼다. 눈을 비비며 상반신을 일으킨 그녀의 가슴팍을 향해 누군가의 손이 거칠게 뻗어져

나갔다.

"으악!"

그 순간, 로렌은 누군가에게 밀쳐져 침대에서 굴러 떨어졌다. 그래서 그는 몇 초 후에나 상황을 파악할 수 있었다.

침대 속 짚단을 헤치고 기어 나온 괴한이 아가씨가 목에 매달고 있던 주머니를 잡아채고 로렌을 떠민 것이었다. 그 괴한은 재빠른 몸놀림으로 문 쪽을 향해 달려갔다.

"로렌!"

침입자와 대치하고 있던 레윈이 놀라 로렌의 이름을 불렀다. 로렌은 반사적으로 도망치는 괴한을 쫓아 달리기 시작했다.

*　　　*　　　*

사운델리의 밤거리를 로렌은 정신없이 달렸다.

괴한의 체구는 그리 크지 않았다. 인간으로 치면 기껏해야 14~16세 정도일까. 게다가 등을 보이고 도망치고 있었다. 로렌이라도 충분히 어떻게 할 수 있을 것 같았다.

하지만 동료가 있을지도 모르고, 그게 아니더라도 저 괴한이 뒤돌아서 맞싸움을 걸어오면 로렌이 훨씬 불리해진다. 더군다나 이대로 계속 달려서 레윈에게서 멀어질수록 위험도는 더욱 올라간다.

물론 로렌에게는 비장의 한 발이라 할 수 있는 마법이 있긴 하다. 말 그대로 한 발, 마법 화살 단 한 발뿐이다. 게다가 레윈처럼 즉시 발동시킬 수 있는 것도 아니다. 무엇보다 비장의 한 발인데 이런 데서 낭비하기엔 좀 아깝다.

그러므로 무슨 수를 쓰려면 지금 당장 써야 한다. 마법 말고 다른 수를 쓴다면 말이다.

"해보자!"

그렇게 마음을 먹자마자 로렌은 주머니 속에 넣고 다니던 조약돌 두 개를 꺼냈다. 고향 마을에서 지하실에 갇혔을 때 주워두었던 그 조약돌들이었다.

로렌은 조약돌 두 개를 빠른 속도로 연달아 던졌다. 하나는 괴한의 오른쪽 오금을, 다른 하나는 아가씨의 주머니를 꽉 쥐고 있는 왼손 주먹을 노렸다.

"아악!"

두 개의 조약돌이 모두 명중하며, 괴한의 비명 소리가 들렸다.

'괜히 빠른 손이라 불린 게 아니야!'

괴한의 주먹이 펴지며 아가씨의 주머니가 흘러나와 땅바닥에 떨어졌다. 로렌은 속으로 자화자찬하면서 괴한에게 뛰어들었다. 주머니를 줍기 위해 멈췄던 괴한은 로렌의 날아차기를 맞고 나뒹굴었다. 김진우였을 때 태권도를 배워둔 보람이 있었다.

로렌은 괴한이 흘린 주머니를 잡아채듯 줍고, 그 자리에서 바로 내빼려고 했다. 적에게 추가 공격을 가해 제압하는 것도 생각해 볼 만했지만, 적의 체구가 더 커서 승리를 확신하긴 어렵고 증원도 나타날 수 있으니 이대로 레윈에게 돌아가는 게 나아보였기 때문이었다.

하지만 그럴 수 없었다.

"윽!"

로렌은 자신의 뒤를 막아선 큰 그림자에 놀라 걸음을 멈춰야 했다. 그림자는 방금 전에 봤던 침입자들과 마찬가지로 두건을 쓰고 있었다. 그는 로렌의 얼굴을 확인하더니 천천히 두건을 벗어보였다. 드러난 남자의 얼굴은 로렌도 알고 있는 사람의 그것이었다.

"임무를 잘 수행해 냈구나, 빠른 손."

"…마부!"

로렌의 외침을 들은 마부는 잠깐 고개를 갸웃거렸다.

"내가 네게 내 직업에 대해 말한 적이 있었나? 뭐, 아무렴 어때. 그 주머니를 내놔라. 보수는 지불해 줄 테니……."

"보수를 먼저 주시죠."

로렌은 먼저 그렇게 뻗대보았다. 그러자 마부는 크크크 웃었다.

“여전히 당돌한 녀석이로군. 그래, 알았다. 보수를 먼저 주도록 하마.”

마부의 왼쪽 허리에서 스르렁하는 섬뜩한 소리와 함께 칼이 뽑혀 나왔다.

“내가 네게 줄 보수는 바로 죽음이다. 자, 받아라.”

푸욱. 금속성의 이물질이 로렌의 어깨에 깊이 파고들었다.

“아악!”

비명이 절로 터져 나왔다. 칼로 마지막으로 베여본 게 언제더라. 이번 생에선 확실히 처음이지만 그러고 보니 김진우일 때 괴물에게 세뇌당한 사람들에게 등을 찔려본 적이 있었다.

아니, 지금 중요한 건 그런 게 아니다.

‘경계한다고 했는데도 반응 못 했어!’

마부가 공격해 오자마자 미간에다가 마법 화살을 박아줄 생각으로 소매 속의 나무토막을 만지작거리며 주문을 웅얼대고 있었는데, 그것보다 빨리 마부의 칼이 날아들었다.

‘이 인간, 마부 주제에 제법 실력자야!’

그렇게 냉정하게 분석할 때가 아니었다. 마부는 큭큭 웃으며 로렌을 향해 성큼성큼 걸어오고 있었으니까.

“단번에 심장을 찔러 끝내주려고 했는데, 용케 피했군. 괜찮은 반응이었어. 상을 주마.”

퍽! 마부가 로렌의 상처 부위를 걷어찼다.

"끄아아악!"

"상의 이름은 고통이다. 받아둬라. 살아 있을 때만 느낄 수 있는 것이니 네겐 귀할 테지."

퍽, 퍽, 퍽! 마부에게 연속해서 걷어차여 로렌은 흙먼지를 씹으며 나뒹굴었다.

"크으으우욱……!"

고통의 신음을 삼키는 로렌을 보며 마부는 사디스틱하게 웃었다.

"하하하하, 하하! 좀 더 나뒹굴어 봐. 살아야 될 거 아니야?"

마지막으로 한 번 세게 걷어차이는 바람에 로렌의 가벼운 몸이 휙 날아 벽에 쾅 처박혔다. 악, 하는 비명이 결국 터져 나오고 말았다.

"흠, 조금만 더 즐기고 싶지만 시간이 그리 많지는 않군."

눈알을 굴리며 로렌이 고통스러워하는 모습을 즐기던 마부는 칼을 비껴 들고 뚜벅뚜벅 걸어오기 시작했다.

"자아, 이제 죽어라."

퍽, 하는 소리와 함께 심장을 꿰뚫었다.

"어?"

마부가 상황을 이해하지 못한 건지 고개를 갸웃거렸다. 그러나 현실은 변하지 않았다.

마부의 심장에서 피가 울컥울컥 뿜어져 나왔다. 마부는 반사적으로 손바닥을 들어 그 구멍을 막으려 들었지만, 그도 이미 알고는 있으리라.

그가 입은 상처는 치명상이었다.

"마법……? 네놈……!"

마부가 분노에 찬 눈초리로 로렌을 쏘아보았다. 그러다 더 이상 서 있지 못하고 그 자리에 무릎을 꿇더니 그대로 나자빠졌다.

"헉, 헉… 마, 맞아. 마법, 화살이다. 으, 큭……!"

고통 때문에 승리 선언도 제대로 못 했다. 걷어차여 날려진 덕택에 거리가 벌어진 틈을 타 다시 주문을 완성해서 간신히 마법 화살을 마부의 심장에 처박아줄 수 있었다.

아슬아슬했다. 거리가 너무 멀었다면 이 한 발로 치명상을 만들진 못했을 거고, 가까웠다면 반대로 마부의 칼이 로렌의 목을 치는 게 먼저였을 테니까.

로렌이 마법사라는 걸 알게 되자마자 방금 전 로렌에게 돌멩이를 맞았던 작은 체구의 괴한은 뒤도 안 돌아보고 도망가버렸다. 어차피 이 마법 화살 한 발로 마력을 전부 소진시켜버린 로렌 입장에선 천만다행이라 할 수 있었다.

"아, 진짜. 죽을 뻔, 헉, 했네."

만약 마부가 사디스트가 아니라서 바로 로렌을 베어버렸다면 로렌은 그냥 죽는 수밖에 없었으리라. 이런 데서 아직 아무것도 못 했는데 죽어버린다니. 생각만 해도 아찔했다.

혹시나 마부가 아직 살아 있을까 봐 거리를 벌리고 숨을 고르던 로렌은 문득 자신의 품속에 들어간 아가씨의 주머니를 꺼내 들었다. 주머니를 열어서 그 내용물을 확인한 로렌은 '아악!' 하고 마치 칼에 맞은 것 같은 비명을 질렀다.

주머니 속에 든 물건의 정체는 발레리에 가문의 인장이었다.

이걸로 모든 게 확실해졌다.

아가씨의 정체는 라핀젤 발레리에 넬라였다.

* * *

로렌은 비틀거렸다.

"으……."

신음 소리가 저절로 새어 나왔다. 피를 너무 많이 흘려서 머리가 어지러웠다. 열도 나고 있었고. 아무래도 걷어차인 부위의 뼈가 한두 개쯤은 부러진 모양이었다.

고통을 견디는 데는 그럭저럭 이골이 난 편이라고 자부했지만 지금 상태는 그냥 견딘다고 될 상황이 아니었다.

어쨌든 그는 죽을 뻔했다. 최대한 빨리 회복 마법을 받는 게 좋을 것 같았다.

로렌은 절뚝거리며 간신히 숙소까지 돌아왔다. 숙소 쪽을 습격하던 괴한들은 모두 정리한 건지, 레윈이 로렌을 찾아 이미 나와 있었다. 그는 로렌의 모습을 멀리서 확인하자마자 이쪽으로 달려왔다.

"로렌! 괜찮나? 아니, 별로 괜찮아 보이지 않는군."

피투성이가 된 로렌의 모습을 확인하고 레윈은 혀를 찼다. 그는 곧장 로렌에게 회복 주문을 외워주었다.

마법의 힘이 로렌을 치유시켰다. 로렌은 긴 한숨을 토해내었다.

"감사합니다. 이제 좀 살 것 같네요."

"뭐가 어떻게 되서 칼까지 맞은 거야?"

그 질문에는 별로 대답하고 싶지 않았기에 로렌은 의문문에 의문문으로 대답하는 금기를 한번 범하기로 했다.

"그보다 아가씨는 괜찮으십니까? 혼자 놔두면……."

"어차피 놈들이 노렸던 건 아가씨 본인이 아니니까 괜찮아."

로렌은 말없이 되찾은 주머니를 레윈의 손바닥 위에 올려놓았다.

아가씨가 라핀젤 발레리에 넬라라는 사실이 확실해진 이상, 로렌은 앞으로 어떻게 할 건지 확실히 해야 했다. 선결 과제는 이 주머니를 아가씨에게 돌려주는 것이었다. 그레고리 남작이 마부까지 보내며 빼앗으려고 했던 주머니다. 로렌이 갖고 있는 건 너무 위험했다.

나머지는 그 다음에 생각한다. 로렌은 그렇게 결론을 내렸었다.

그런데 레윈은 로렌의 손을 밀어 주머니를 다시 로렌에게 돌려주었다.

“이건 네가 직접 아가씨께 되돌려 드려라.”

지금 심정을 말하자면 반반이었다. 이대로 그냥 도망치고 싶은 감정이 절반 정도 로렌의 심장을 틀어쥐고 있었다. 아니, 솔직하게 말하자면 절반을 약간 넘는다. 그러니 만약 레윈이 주머니를 받았다면 자신은 등을 돌려 사운델리의 골목길로 향했을 것이다.

그러나 레윈은 주머니를 돌려주며 직접 아가씨를 만나라고 한다.

이 얼마나 가혹한 판결이란 말인가.

아가씨를 직접 만나면 자신의 심정이 어떻게 변할지 로렌 그 자신조차도 확신할 수 없었다.

‘아니, 틀림없이 아가씨를 구하려 하겠지.’

로렌은 긴 한숨을 토해내었다. 아무래도 더 이상 도망칠 수는 없을 것 같았다,

“…알겠습니다.”

로렌은 되돌려 받은 주머니를 꽉 쥐었다.

"어쨌든 고맙다. 주머니를 되찾아줘서."

말은 그렇게 했지만, 레윈은 이상하게 별로 고마워하는 눈치가 아니었다.

"아뇨, 별말씀을."

"그래. …봤냐?"

그러다 갑자기 뜬금없는 질문을 던지는 레윈을 의아하게 바라보며 로렌은 되물었다.

"뭘 말입니까?"

"주머니의 내용물."

로렌은 마른침을 삼켰다.

"저 같은 무지렁이가 본다고 뭘 알겠습니까?"

되도록 태연한 목소리로 대답한다고 했지만, 로렌 본인이 생각하기에도 너무 티가 났다. 아니나 다를까, 레윈의 시선이 날카롭게 로렌을 훑고 지나갔다.

"봤구나."

"…네."

로렌은 마지못해 고개를 끄덕였다.

"너는 머리가 좋아. 눈치도 빠르지. 오늘 밤 무슨 일이 일어난 건지 이미 다 알았을 거다."

"무슨 근거로 그런 말씀을……."

"그러니 주머니 속을 봐버린 널 그냥 놔둘 수는 없구나."

"예?"

레윈은 로렌의 손목을 잡아 올렸다.

"이렇게 된 이상, 끝까지 함께해 줘야겠다."

"아니, 무슨."

로렌은 반박하려고 했지만 곧 포기했다.

"알겠습니다. 신세 지겠습니다."

*　　　　*　　　　*

"되찾아줬구나! 로렌, 정말 고마워!!"

아가씨, 라핀젤은 함박웃음을 지으며 로렌이 되돌려 준 주머니를 받아들었다. 레윈과는 정반대의 반응이었다.

"난 이참에 잃어버렸으면 했지만."

레윈이 그렇게 옆에서 초를 치자 아가씨도 발끈했다.

"그게 무슨 말이에요, 레윈 아저씨!"

"꼭 끝까지 가야겠나?"

"물론이죠!"

아가씨는 한 치의 망설임도 없는 듯 즉시 대답했다.

"오늘 같은 일을 당하고도? 앞으로도 이런 일이 계속 일어날 텐데?"

진지한 목소리로 레윈은 재차 물었다.

"로렌은 칼을 맞았어. 옷에 저 피 보여? 내가 치유해 주긴 했지만 죽을 수도 있었어."

아가씨는 흠칫 놀라 로렌 쪽을 쳐다보았다. 그러고는 곧 면목 없다는 듯 고개를 숙였다.

"미안… 미안해. 로렌… 나는……."

그러나 그녀는 곧 다시 고개를 들었다.

"그래도 그만둘 수 없어. 로렌이 아니라… 내가 죽는다 하더라도."

"왜죠?"

로렌은 자기도 모르게 그렇게 묻고 있었다.

"왜 목숨을 버려서까지… 그러려고 하시죠?"

자신과 직접적인 연관도 없는 로어 엘프의 해방을 위해, 라핀젤은 발레리에 가문의 귀족 영애인 자신의 목숨을 그렇게 아낌없이 내던질 수 있었을까.

이기적인 로렌 하트는 라핀젤이라는 소녀의 행동 원리를 이해할 수 없었다. 그렇기에 그는 줄곧 의문으로 여겨왔다.

아가씨는 허를 찔린 듯 로렌을 잠시 멍하니 바라보았다. 그러나 그것은 그녀가 자신의 행동에 의문을 가졌기 때문이 아니었다. 지금까지 생각해 본 적 없지만, 딱히 고민할 필요도 없다는 듯 그녀는 답을 곧 내었다.

"그게 옳으니까."

정말로 단순한 대답이었다. 이래도 될까 싶을 정도로. 하지만 아가씨의 에메랄드빛 눈동자에는 한 점 망설임도 보이지 않았다.

"…그렇군요."

로렌은 시대정신에 대해 생각했다.

독일인 철학자인 헤겔이 자신의 조국을 점령한 나폴레옹이 걸어가는 것을 보고 이렇게 말했다. '저기 절대정신이 간다'. 그에게 있어 나폴레옹은 시대의 진전을 대표하는 존재였던 것이다.

비록 나폴레옹이 스스로를 황제로 만들면서 대부분의 지식인들은 나폴레옹에 대한 희망을 접어버렸지만 그럼에도 불구하고 나폴레옹이 시대의 진전을 대표하는 존재였다는 사실은 바뀌지 않는다.

나폴레옹 사후 백 년 넘게 유럽에 몰아쳤던 제국주의의 광풍이 그것을 증명한다. 그가 진전시킨 시대는 제국주의였던 것이다. 헤겔이 기대했던 것과는 다르지만 더할 나위 없이 확실한 시대의 진전이다.

그런 인물들이 시대마다 하나씩은 존재한다. 마치 이 세계 전체가 그에게 시대의 변혁을 주도하라고 등을 떠미는 것 같은 그런 인물이. 비단 나폴레옹뿐만이 아니다. 로마 공화정을 끝낸 카이사르, 백년전쟁을 끝낸 잔 다르크.

그리고 로렌 하트가 역사서로 읽은 라핀젤 발레리에 넬라 또한 그런 인물이었다.

아가씨는 마치 공주님이 되길 꿈꾸는 열 살 소녀처럼, 반짝이는 눈동자로 로렌을 바라보며 말했다. '모든 인류에게 해방과 번영을'. 달콤한 디저트와 자신을 빛내줄 액세서리를 탐내는 게 어울릴, 철없는 게 더 당연한 그런 소녀가.

로렌은 자신이 왜 처음부터 별 근거도 없이 그녀가 라핀젤이라고 생각했는지 뒤늦게 깨달았다. 그녀에게서는 도저히 감출 수 없는 빛이 나고 있었다.

시대정신의 빛이!

이 빛을 직접 쳐다보면 눈이 멀어버리고 말 것이다. 그러니 여기서 멀어져야 옳았다. 그녀와 상관없는 먼 곳으로 도망치는 것이 바람직했다.

'그러나 나는.'

로렌은 무릎을 꿇었다.

'이미 이 빛을 봐버리고 말았어.'

그의 눈은 이미 멀어 있었다.

"라핀젤 발레리에 넬라 전하."

로렌은 말했다. 레윈이 놀라 숨을 삼키는 것이 들렸다. 로렌이 알 리 없는 라핀젤의 풀 네임을 입에 올렸으니 그럴 만도 했다.

로렌은 상관하지 않았다. 그는 이대로 충성을 맹세할 참이었다. 로렌이라면 응당 그래야 했다. 목숨을 바쳐서 이 빛나는 시대정신의 뒤를 받쳐야 했다.

그러나.

"당신은 죽게 될 겁니다."

로렌은 충성을 맹세하는 대신, 그렇게 말했다.

* * *

"당신의 양부인 발레리에 대공께서는 그레고리 남작령에 개입할 명분이 필요했습니다. 그리고 그의 철없고 귀여운 양녀 라핀젤은 로어 엘프의 해방을 부르짖고 있었죠. 거기서 발레리에 대공은 한 가지 아이디어를 떠올립니다. 라핀젤을 그레고리 남작령에 보내고, 거기서 죽게 만들면 군대를 일으킬 명분을 얻게 되리라고."

공기가 차가웠다. 실제로 차가운 것은 아니리라. 차가운 것은 분위기였다. 그는 고개를 숙인 채였지만, 아가씨와 레윈의 표정이 어떤지는 보지 않아도 알 수 있었다.

"본래 발레리에 가문의 인장은 여기서 멸실되어야 했던 물건입니다. 당신은 스스로를 라핀젤 발레리에 넬라라고 증명해

줄 인장을 잃었음에도 그레고리 남작의 저택으로 향해 로어 엘프들을 해방시켜 달라고 청원하죠. 당연히 그레고리 남작은 들은 척도 하지 않습니다만, 당신은 남작의 저택에서 쫓겨난 뒤로도 계속해서 로어 엘프의 해방을 주장합니다."

로렌은 혀를 멈추지 않았다. 계속해서 말했다.

"남작의 하이어드들은 당신의 발언을 위험시합니다. 그들 입장에선 자신들보다 천한 로어 엘프가 해방되어 자신들과 같은 계급이 된다는 건 도저히 받아들일 수 없는 일이었거든요. 그들은 결국 당신을 마녀로 몰아 화형에 처합니다. 거기서 라핀젤 발레리에 넬라는 죽게 되지요."

놀라 숨을 들이켜는 소리가 들렸다. 로렌은 상관하지 않았다. 그의 이야기는 아직 끝나지 않았다. 이야기의 결말은 이러했다.

"발레리에 대공께서는 당신의 죽음을 확인하고 군대를 몰아 그레고리 남작의 군대를 분쇄하고 남작령을 복속시키죠. 그리고 양녀의 유지를 받아 로어 엘프들을 해방시킵니다. 그레고리 남작령뿐만이 아니라 발레리에 대공의 영향력이 미치는 모든 영역에서. 그렇게 라핀젤 발레리에 넬라는 마녀이자 성녀로 역사에 이름을 남기게 됩니다."

로렌은 고개를 들었다. 아가씨의, 라핀젤의 표정이 보였다. 예상한 대로 그녀의 표정은 차분히 가라앉아 있었다. 마치 그런 미래를 예견하고 각오하기라도 한 것 같은, 그런 그녀의 태도가 로렌은 마음에 들지 않았다.

"여기까지가 제가 아는 라핀젤 발레리에 넬라의 행보입니다."

"너는 누구냐."

아가씨에 비해 레윈의 반응은 마음에 들었다. 방금 전까지의 무르고 미적지근한 태도는 어딜 갔는지, 날카로운 살기가 로렌을 내쏘고 있었다.

각오한 바였다.

"저는 로렌, 지난 생의 이름은 로렌 하트. 그때는 로어 엘프였습니다. 라핀젤 전하의 희생으로 저는 불가촉천민의 굴레에서 해방되어 서민이 되었습니다."

로렌은 단번에 진실을 털어놓았다. 비밀로 해두는 게 분명 유리한 진실일 터였다.

하지만 지금 이걸 밝히지 않으면 미래는 바꿀 수 없다.

"지난 생? 무슨 소리야? 더군다나, 넌 인간이잖아?"

레윈은 혼란스러워하는 듯했다. 그럴 만도 했다. 쉽게 믿을 만한 이야기는 아니다. 간단히 믿어줄 거라고는 기대도 안 했다.

"저는 이번 생이 두 번째입니다, 레윈 씨."

*　　　　*　　　　*

김진우의 생애까지 합치면 세 번째 생애를 보내는 셈이 되지만, 로렌은 굳이 그런 소릴 해서 이야기를 복잡하게 만들 생각이 없었다.

"두 번째? 그게 무슨 의미야?"

"제가 두 번째였기에, 원래대로라면 여기서 멸실되어야 할 발레리에 가문의 인장이 지금 여기에 있는 겁니다. 역사가 바뀌고 말았죠."

아가씨는 놀란 눈으로 자신의 손에 쥐어진 주머니를 들여다보았다. 주머니를 묶고 있는 끈을 풀어 내용물을 꺼내 보니, 그곳에는 분명 발레리에 가문의 인장이 있었다.

귀족 가문의 인장은 누구나가 알아볼 수 있는 물건은 아니다. 귀족 중에서도 모르는 이가 태반이다. 가문의 주인이 되어서야 비로소 다른 가문의 인장에 대해 배우고 외우게 된다. 그러니 뒷골목을 전전하는 최하층민 고아가 알아볼 가능성은 그냥 없다고 보는 게 맞았다.

그런데 어째서 로렌이 이 인장을 알아볼 수 있었을까.

하지만 아가씨는 그냥 주머니를 다시 품속에 밀어 넣었다. 자신이 깨달을 뻔했던 무언가를 도로 집어넣듯이. 그리고 고집스러운 말투로 로렌에게 이렇게 질문했다.

"역사가 바뀌어? 무슨 말을 하는지 잘 모르겠어. 그럼 바뀌지 않은 원래 역사라는 게… 네가 지금까지 말한 이상한 이야기라는 거야?"

"정말 이상합니까? 만약 제가 말한 대로 일이 굴러갔더라면 아가씨는 어떤 선택을 하셨을 거라고 생각하십니까?"

로렌은 그렇게 되물었다. 그러자 아가씨는 입을 다물어 버리고 말았다.

"…모든 게, 네가 말한 대로 됐겠지. 그래… 이상한 이야기가 아니었네."

긴 침묵 끝에 아가씨는 그렇게 대답했다. 결국 그렇게 인정하고 말았다. 이름도 모르는 타인들을 위해 기꺼이 자신의 목숨을 바칠 거라고, 그렇게 말이다!

로렌은 눈을 질끈 감았다.

"하지만 넌 그런 걸 어떻게 알지?"

"아까도 말했듯이 이미 한 번 경험했기 때문입니다."

아가씨의 질문에 로렌은 눈을 뜨고 대답했다.

"회귀의 주문이라는 걸 써서 시간을 되돌렸지요. 기억을 지닌 채로."

"…웃기지 마."

날카로운 의심의 시선이 로렌을 꿰뚫었다.

"마법으로 그런 건 불가능해."

"저도 그렇게 생각한 적이 있었죠."

로렌의 대꾸에는 레윈에 대한 비꼼이나 비웃음 따위는 전혀 담겨 있지 않았다. 이것이 마법으로 불가능하다는 걸 안다는 건 그만큼 마법에 대해 많이 공부했다는 뜻이다. 그런데 어떻게 비웃을 수 있겠는가?

"마법으로 파괴할 수 있는 것에는 시간도 있습니다. 말도 안 된다고 생각하실 수 있겠지만 분명히 인식할 수 있는 개념이지요. 인식할 수 있는 개념은 파괴할 수도 있습니다."

RPG 게임에서 중요한 분기점을 앞두고 세이브를 한 후 A 루트로 진행하다 멈추고, 세이브 파일을 로드시킨 후, 세이브 했던 시점에서부터 이번에는 다른 분기로 게임을 다시 진행한다.

그럼 이미 진행했던 A 루트에서의 일은 어떻게 된 걸까? 답은 간단하다. 그동안의 일은 세이브하지 않았으므로 파기된다.

세이브 파일을 파기하듯, 시간 또한 파괴할 수 있다. 이 개념을 명확하게 이해하고 있다면, 마법사는 시간을 파괴하고 자신의 인식 시점을 과거로 되돌릴 수 있다.

세이브 파일과 달리 기억과 인식은 연속적이다. 그러니 세이브 파일을 어떻게 만들지 고민할 필요는 없다. 매순간 세이브 파일이 만들어지고 있는 것이나 다름없다. 같은 논리로 로딩은 어느 시점이든 가능하다. 물론 망각으로 인해 소실된 시점을 제외하고.

그런데 정작 중요한 문제는 다른 곳에 있었다. 그 중요한 문제라 함은 시간 파괴 마법을 사용한 마법사가 파괴된 시간 속에서 얻었던 기억, 경험, 지식도 함께 파괴되어 버린다는 점이다.

다시 RPG 게임의 예를 들자면, 플레이어는 A 루트에서 일어났던 일들을 기억하고 있지만 세이브 파일의 캐릭터는 시간이 되돌려졌다는 것조차 인식하지 못한다. 여기서 마법사는 플레이어가 아니라 캐릭터라는 게 문제의 핵심이다.

즉, 자신이 시간을 파괴하는 마법을 사용했다는 것조차 인지하지 못한다. 왜 시간을 되돌려야 했는지도 당연히 기억을 못 할 테니 기껏 미래에서 돌아와 놓고도 아무것도 바꾸지 못한다. 이래서야 시간을 파괴하는 의미가 없다.

그러므로 여기에 한 가지 개념을 더해야 한다. 그것이 마법사가 일상적으로 쓰는 회복 마법이다. 파괴된 것을 회복시키는 회복 마법이라면 파괴된 기억과 경험 또한 회복시킬 수 있지 않을까?

그것은 김진우가 내놓은 독자적인 가설이었다. 그리고 그는 실증에 성공했다. 그렇기에 그는 로렌 하트와 김진우의 기억을 가진 채로 12살 소년 로렌이 되었다.

'어째서 엘프였던 로렌 하트가 인간이 되었는지는 모르겠

지만.'

사실 종족이 바뀌는 일은 그의 이론으로는 도저히 설명이 안 되는, 도저히 말도 안 되는 변수다. 이런 변수가 작용한 이유와 원리를 로렌은 가설조차 떠올리지 못하고 있었다.

마법은 없는 걸 있게 만들지 못한다. 그렇기에 죽은 사람도 되살릴 수 없다. 생명이 없는 것을 있는 것으로 '회복'시키지 못하는 이유는, 시체는 더 이상 사람이 아니기 때문이다.

인간이었던 시체를 인간으로 바꾸지도 못하는데, 엘프가 어떻게 인간이 된단 말인가?

'아니, 지금 그게 중요한 건 아니지.'

답도 안 나오는 의문에 대해 고찰하고 있을 때는 아니었다. 김진우에 대한 정보를 제외하고, 로렌은 자신의 가설과 이론을 레윈에게 되도록 이해하기 쉽게 설명해 주려고 노력했다.

"…말도 안 돼."

그럼에도 불구하고 로렌의 말을 레윈은 거의 이해하지 못하는 것처럼 보였다. 혼란스러운 듯 고개를 뒤흔드는 레윈을 로렌은 어리석다고 생각하지 않았다.

21세기 지구를 경험하지 못했다면 대마법사 로렌 하트 또한 말도 안 되는 소리 하지 말라며 화를 냈을 테니까. 김진우가 된 시점에서야 그도 비로소 이해할 수 있었던 개념이었다.

"하지만 이상하군. 네가 그렇게 설명하는 것 자체가 무엇보다 더 확실한 논거처럼 들려."

레윈은 고개를 갸웃거리면서도 그렇게 말했다

"12살인 인간 소년이 마법이라는 능력의 속성에 대해 그렇게 깊게 이해할 수 있을까? 아니, 확언하지만 불가능해. 거기까지 달하기에는 최소한 100년의 시간이 필요할 테지."

"…차라리 그렇게 설명하는 게 더 나을 뻔했군요."

레윈은 로렌이 생각했던 것보다 훨씬 유연한 사고방식의 소유자였던 것 같았다.

"…그러고 보니."

아가씨가 문득 입을 열었다.

"이상하게 식기를 잘 쓴다고 했었어!"

"뭐? 갑자기 그게 무슨 소리야? 아가씨."

레윈은 황당하다는 듯 아가씨를 쳐다보았다.

"로렌 말이야! 원래 고아에다 빈민이잖아! 그런데 포크와 나이프 쓰는 법을 어디서 어떻게 배웠겠어? 이상하다고는 생각했었는데!!"

아가씨는 분한 듯 로렌을 노려보았다. 오늘 저녁 식사 때 이야기였다. 그러고 보니 로렌은 아무 생각 없이 포크와 나이프로 식사를 했었다.

"대학에서 배웠죠. 궁정 마법사가 되려면 예절에 대해서도 잘 알아야 한다고 교수님들이 그러시더군요."

로렌은 태연히 말했다. 그 이야길 듣고 놀란 건 이번에도 레원이었다.

"뭐? 궁정 마법사? 너 궁정 마법사였어?"

"잠깐입니다만."

로렌은 별거 아니라는 듯 말했다.

"사실 두 번째의 생애를 보내는 제 입장에서 역사는 바뀌지 않을수록 좋습니다. 변수가 줄어드니까요. 그만큼 제게 유리해지겠죠."

"유리해진다고?"

레원이 도끼눈을 뜨고 물었다.

"네. 대마법사까지 기어 올라갔었거든요. 빈민 출신치고는 크게 출세했었죠."

"대마… 허풍 아니야?"

할 말을 잃었다가, 문득 다시 정신을 챙기며 레원은 다시 물었다. 그 질문에 대해 예, 아니오로 대답을 할 필요는 없었다.

"레원 씨가 제게 마법을 가르쳐 주시면, 저도 레원 씨께 마법을 가르쳐 드리겠습니다."

"뭐?"

레원은 이번에는 놀란 토끼 눈을 떴다.

"인간 로렌으로서는 처음부터 다시 마력을 모아야 하거든요. 로렌으로서 배우고 익힐 지식이 필요합니다. 대신 전에 익힌 마법 이론은 모두 암기하고 있으니, 저도 레윈 씨를 가르칠 정도는 될 겁니다."

로렌의 말에 레윈은 두통이라도 느끼는 듯 자신의 관자놀이를 손가락으로 꾹꾹 눌러대었다.

"하… 네가 진짜 대마법사였다면 강연료로 성 하나를 지불해도 모자라겠지."

"미래의 일이라니까요. 게다가 이제는 이뤄지지 않을지도 모르는 미래죠. 변수가 생겨 버렸고, 앞으로 더 커질 테니."

로렌은 아가씨에게 시선을 던졌다.

"이번에는 아가씨를 살리는 방향으로 가볼까 하거든요."

아가씨는 의외인 듯 눈을 휘둥그레 뜨고 있었다.

"…내가 죽는 게 네게 유리한 거 아니었어?"

아가씨의 말이 맞았다. 그러므로 로렌도 부정하지 않았다.

"이성적으로는 그렇게 생각하지만요……."

로렌은 한숨처럼 말했다.

"제 은인이 죽는 꿈을 꿨더니 잠자리가 사나워서 살 수가 있어야죠."

로렌의 말에 아가씨는 짚이는 구석이 있는 모양이었다. 이틀이나 잠을 설치고 눈을 퀭한 상태로 돌아다녔으니, 그야 눈치를 챌 만도 했다.

"…난 잘 이해가 가질 않아."

긴 침묵 끝에, 아가씨의 입에서 나온 말은 그것이었다. 그 말은 로렌에게 있어서도 의외였기에 되묻지 않을 수 없었다.

"네? 무슨……."

"그야 그렇잖아."

아가씨는 주저주저했지만 결국 말했다.

"보통은 숨기고 있는 게 더 낫잖아? 미래를 알고 있다는 둥, 이번이 두 번째라는 둥. 그런 건 그냥 숨긴 채로 우릴 이용하는 쪽이 네가 얻는 게 더 많을 텐데. 이런 것들을 우리한테 알려주면서 네가 얻는 거라고는… 잘 모르겠어."

겉보기보다는 눈치도 빠르고 머리도 좋은 것 같았다. 하긴, 로렌은 라핀젤이 멍청하다고 생각해 본 적은 단 한 번도 없었다. 그저 지나치게 순진하다고는 생각했었다.

"말씀드렸잖아요. 아가씨는 제 은인입니다."

로렌은 그렇게 넘어가려고 했다. 하지만 아가씨는 이대로 한번 떠오른 의문을 그냥 접어둘 생각은 없는 것 같았다.

"하지만 지금의 넌 인간이잖아. 넌 불가촉천민도 노예도 아니니 내가 널 해방시키지는 않겠지. 난 네게 빚을 지운 적이 없어. 앞으로도 없을 거고. 그러니 난 네 은인이 아냐."

아가씨의 발언에 로렌은 다소 놀랐다. 그런 식으로 생각해 본 적은 없었다.

그의 인식으로는 로렌 하트로서의 첫 번째 삶, 그리고 김진우로서의 두 번째 삶, 마지막으로 지금의 삶은 모두 차례대로 이어져 있는 것이었다.

만약 아가씨가 로어 엘프 고아인 빠른 손을 해방시켜 주지 않았더라면 그는 대마법사 로렌 하트가 되지 못했을 것이고, 김진우도 마법을 모른 채 평범한 한국인으로 괴물 사태에 휩쓸려 희생당했을 것이다.

즉, 그가 여기까지 올 수 있었던 건 어디까지나 아가씨 덕분이었다. 그러니 지금의 로렌이 아가씨에게 은혜를 갚는 건 당연한 거였다. 그는 그렇게 생각하고 있었다.

그게 아니라면 그가 온갖 자기변명을 늘어놓으면서도 결국 씻어내지 못했던 죄의식이 어디서 온 건지 설명이 되지 않는다.

하지만 아가씨는 완전히 다른 방식으로 이해하고 있었다. 대마법사 로렌 하트와 지금의 인간 소년 로렌을 별개의 존재로 이해하고 있었다.

그리고 사실 그녀의 말이 틀린 것도 아니었다. 로렌의 은인은 로렌 하트 때의 라핀젤이지, 지금의 아직 아무것도 희생하지 않은 아가씨가 아니다.

그러니 난 네 호의를 받을 이유가 없다. 아가씨는 그렇게 말하고 있었다.

"…이런 건 보통 자기 유리할 대로 해석하는데요. 받을 수 있는 건 받아두는 식으로."

말이야 맞는 말이지만, 라핀젤의 입장에서 보자면 자신의 목숨이 걸린 일이다. 그런데 이런 지적을 하다니. 로렌은 이해가 안 가서 그렇게 말했다

"그래도 아닌 건 아닌 거잖아?"

로렌의 말에도 아가씨는 무라도 자르듯 딱 잘라 말했다. 아닌 건 아니다. 그녀의 그런 단호함이 그녀가 시대정신이 될 수 있었던 이유이리라.

"아니면 뭐야? 내가 예뻐서 그냥 반한 거야?"

아가씨는 얼굴을 살짝 붉히며 몸을 배배 꼬았다.

"아뇨, 그런 건 아닙니다."

로렌은 픽 웃으며 말했다. 로렌의 그 대답에 아가씨는 조금 실망한 기색을 보인 것 같았지만 착각이리라. 로렌도 본인이 약간 자기도취적인 면이 있다고 생각하고 있던 참이었다.

"처음 절 만났을 때 기억하고 계십니까? 아가씨는 배불리 먹을 수 있는 음식을 주셨습니다. 본 적도 없는 인간 소년에게요."

"…그 맛없는 꿀꿀이 죽 말이야? 겨우 그 정도 갖고……"

"처음이었습니다. 로렌으로서는요. 요 12년간 제게 그만큼의 호의를 보여준 사람은 레원 씨와 레원 씨의 고용주인 아가씨뿐이었습니다."

로렌은 딱 잘라 말했다.

"로렌 하트가 아닌, 로렌이 움직이기에는 그 정도 이유면 충분합니다."

* * *

"미안해, 로렌. 널 의심하느라 꽤나 시간을 낭비하고 말았네."

아가씨는 면목 없는 듯 말했다.

"괜찮습니다. 오히려 이런 이야기를 바로 덥석 믿으셨다면 저야말로 아가씨를 의심했을 겁니다. 다 필요한 과정이었습니다."

"그렇게 말해주니 고맙네."

아가씨는 생긋 웃었다. 하지만 여기서 대화를 끝낼 수는 없었다. 로렌은 반드시 대답을 들어야 할 질문 하나를 더 던져야 했다.

"그런데 아가씨, 질문 하나만 드려도 될까요?"

"어, 왜?"

아가씨는 영롱한 에메랄드빛 눈동자로 로렌을 응시했다.

"당신은 죽어서라도 그 꿈을… 인류의 해방을 이룰 생각이십니까?"

로렌은 그렇게 질문한 후, 바로 고개를 저었다. 이런 어중간한 질문을 하려던 게 아니었다.

"아니, 좀 더 단도직입적으로 질문 드리죠. 아가씨는 목숨보다 꿈이 중요하십니까?"

로렌의, 사실 생각해 보면 귀족 영애에게 던지기에는 지나치리만큼 당돌한 질문에 아가씨도 놀란 표정을 지었다.

불과 몇 분 전까지, 아가씨는 목적을 위해 자신의 목숨을 내던져도 아쉬울 것 하나 없다는 태도를 내보이고 있었다. 로렌이 경험한 '지난번 생애'의 역사적 사실에 대해 듣고도 그런 태도가 무너지지 않았으니, 만일 아가씨가 정해진 운명대로 움직이길 원할 가능성은 충분했다.

"미래를 알든 모르든, 죽고 싶어 하는 인간을 살릴 수는 없으니까요."

만일 그렇다면 로렌은 아가씨를 버리고 떠나는 게 옳았다. 그런 상황에서 아가씨를 살리기 위해 움직인다는 건 로렌의 아집을 억지로 강권하는 것밖에 안 됐으므로.

"…어… 그렇겠네."

질문의 의도를 파악한 듯 아가씨는 고개를 몇 번 끄덕였다.

"내 생각은 변하지 않았어. 나는 내 꿈을 위해서라면 내 목숨을 바칠 각오가 되어 있어."

역시 그런 건가. 로렌은 다소 낙심했다. 그리고 낙심한 자기 자신에게 놀랐다. 왜냐하면 그녀가 자기희생을 관철한다면 그게 로렌에게 더 유리할 수도 있었으니까.

"그래도……."

하지만 아가씨의 대답은 아직 끝나지 않은 채였다.

"삶이란 건 고단한 법이지만, 그래도 죽는 것보다는 살아 있는 게 낫다고 생각해."

아가씨의 말에 로렌은 흠칫 놀랐다. 그것은 로렌이 로렌 하트일 시절에 입버릇처럼 입에 올리던 말이었다. 물론 말투는 다소 다르지만 의미는 같다. 아가씨가 로렌 하트와 같은 말을 한 건 우연의 일치일 테고, 하기야 누구라도 할 수 있는 말이다.

누군들 고단한 삶 대신 편안한 죽음을 택하겠는가?

'아니, 이건 내 생각일 뿐이지.'

더군다나 아가씨의 말은 아직 이어지고 있었다. 로렌은 이상한 데로 빠질 뻔했던 사고를 다시 되돌리고 아가씨에게 신경을 집중했다.

"그러니까 만약 내가 죽지 않은 채로 내 꿈을 이룰 방법이 있다면 나는 네가 제시해 주는 방법을 따르겠어."

이것이 아가씨의 대답이었다. 로렌의 입장에서는 다소 심경이 복잡한 대답이었다. 이로써 그는 이 일에 깊숙하게 관련되게 되었다.

기이하게도 그건 기쁜 일이었다.

"알겠습니다."

아가씨는 로렌이 자신의 운명에 개입하는 것을 허락한 것이다. 로렌은 그것이 기뻤다.

어쨌든 이로써 그가 움직일 방향은 정해졌다.

라핀젤을 살린 채로, 그녀의 꿈이 이뤄지도록. 라핀젤을 살리고 싶다는 감정의 영역과 역사의 변혁을 줄여야 한다는 이성의 영역을 모두 만족시키는 일은 꽤나 어려울 터였지만 어쨌든 해볼 수밖에 없었다.

"그렇다면 저도 당신을 살리겠습니다. 당신과… 당신의 꿈 모두를."

"…그 말은 좀 로맨틱한 것 같네!"

아가씨는 로렌의 말에 만족한 듯 그렇게 말하고는 쾌활하게 웃었다.

*　　　*　　　*

만일 그가 로렌 하트의 기억만 갖고 있었더라면 그는 라핀젤 발레리에 넬라에게 충성을 맹세하고 그녀를 위해 목숨을 아낌없이 던졌으리라.

'그럼 안 되지.'

하지만 그에게는 김진우로서의 기억과 목적도 있었다. 아무리 실낱같은 가능성이라 한들, 그는 스스로 그 가능성을 내던져 버릴 생각은 없었다. 마지막까지 발버둥 쳐볼 생각이었다.

지구의 인류를 구하기 위해서.

애초에 그러기 위해 사용한 전생 회귀의 주문이었다.

그래서 로렌은 레윈과 아가씨에게 자신의 비밀을 밝히고 거래를 제안하게 되었다.

"제게 시간을 조금 주십시오. 지금의 저는 너무나도 무력합니다."

"응… 내 짐을 지고 하루도 못 가서 발바닥이 피투성이가 되어버릴 만큼 허약하지, 지금의 너는."

아가씨의 지적은 지나치리만큼 정확했다.

로렌이 이번 거래를 제안하게 된 계기는 또 있었다. 마부와의 대결에서 너무 쉽게 죽어버릴 뻔했던 게 그에게는 큰 충격으로 다가왔다. 아무리 미래가 어떻게 될지 대충 안다지만 대충 갖곤 안 되겠다는 것을 뼈저리게 느꼈다.

변수 차단보다는 성장이 더 중요하다. 최소한 애매한 변수는 극복할 수 있을 만한 능력을 손에 쥔 뒤에야 움직이는 게 낫겠다. 그게 로렌이 내린 새로운 결론이었다.

"그래서? 어떻게 할 생각인데?"

"일단은 여기를… 사운델리를 뜨도록 하죠. 그레고리 남작의 영향권에서 벗어나는 게 좋을 것 같습니다. 남작은 그 인장을 계속 노릴 테니까요."

로렌이 기억하는 역사적 기록에 따르면 그레고리 남작은 라핀젤의 정체를 전혀 몰랐다고 한다. 하지만 실제로는 그 반대였다.

오늘 밤의 습격만 봐도 그렇다. 어떻게 괴한이 침대 속에서부터 뛰쳐나올 수 있었을까? 아예 그들이 입실하기 전에 미리 매복해 있어야 가능한 방법이다.

그리고 이 수법은 라핀젤 일행이 묵을 방을 미리 알고 잠입시켜야 하므로, 이 숙소의 종업원도 다 한패가 아니라면 사용할 수 없다. 또한 사운델리 정도로 치안이 잘 유지되고 있는 도시 숙소가 범죄 조직의 소유물일 가능성은 낮다.

그리고 오늘 밤 습격의 지휘관은 다름 아닌 그레고리 남작의 마부였다. 로렌이 직접 목격했으니 확실했다.

아니, 그 이전에. 로렌을 라핀젤 일행에 숨어들게 사주한 것도 마부였지 않은가?

이 모든 정황증거를 맞춰보면 그레고리 남작은 라핀젤의 정체를 파악하고 있고 이동 경로와 현재 위치까지 전부 알고 있다는 결론에 도달할 수 있다. 물론 끌어낼 수 있는 결론은 이것 하나가 아니다.

그레고리 남작은 발레리에 가문의 인장을 노리고 있다.

인장을 라핀젤에게서 빼앗기 위해 로렌을 사주하고, 오늘 밤의 습격을 명한 것이다.

하지만 남작이 왜 인장을 노릴까? 나올 수 있는 답은 몇 개 없다. 그리고 그중 가장 먼저 떠오르는 것은 이것이다.

노예를 해방시켜 달라는 라핀젤의 탄원을 무시하기 위해서.

탄원하는 이의 신분이 발레리에 가문의 영양이라면 무시할 수 없지만, '모르는 여자'라면 다르다. 그래서 남작은 라핀젤을 '모르는 여자'로 만들기 위해 인장을 노리는 것이다.

로렌이 가장 가능성이 높다고 생각하는 가설이 이것이었다.

가설이 맞든 아니든, 어쨌든 그들의 위치와 행선지가 알려진 이상 위험은 앞으로도 이어질 것이다. 인장을 빼앗기 위한 습격이 목숨을 노리는 습격으로 변질될 가능성도 아예 없다고는 절대 말할 수 없다.

그러니 그들은 행방을 감출 필요가 있었다.

"그럼 어디로 가지?"

"제가 아는 곳이 있어요. 거기로 가죠."

그 전에 한 가지 확인할 게 있었다. 로렌은 뒤늦게 생각난 듯 다시 입을 열었다.

"레윈 씨에게 질문 드려야 되는 게 있는데."

"뭐지?"

"혹시 도약 주문과 완강 주문 갖고 계신가요?"

로렌의 질문은 조심스러웠다. 사실 마법사에게는 꽤나 무례한 질문일 수 있었기 때문이다. 하지만 레윈은 다행히도 아무렇지도 않은 듯 대답했다.

"쓸 수 있어."

"다행이로군요. 그럼 갈 수 있겠어요."

로렌의 머릿속에서는 대충 계획이 짜였다. 혼자서 가는 건 자살행위지만, 레윈이 함께라면 오히려 시간을 단축할 수 있다.

'전화위복이라는 건 이런 걸 뜻하는 거지.'

로렌은 쓴웃음과 함께 그렇게 생각했다.

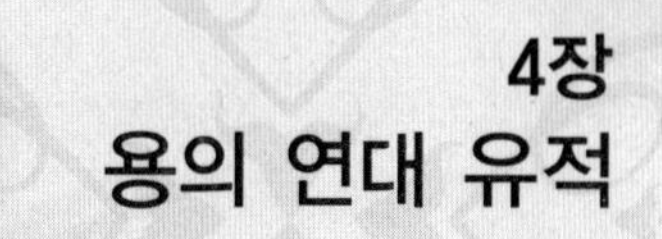

4장
용의 연대 유적

사운델리에서 동쪽으로 사흘거리에 로렌의 목적지가 있다.

그 여정은 가혹했다. 산과 계곡을 넘나들어야 하는 강행군이었다. 본래 사람이 다니는 길이 아닌지라 함정처럼 자리 잡은 늪과 가시덤불도 이 앞길을 막았고, 마물까지는 아니더라도 맹수와는 조우할 수도 있었기 때문에 경계심을 늦출 수 없었다.

당연히 정해진 야영지도 없었기에 날이 저물면 밤을 지내기 위해 적절한 장소를 찾아다녀야 했고, 추적당할 위험을 배제하기 위해 불도 피울 수 없었다.

"대체 이런 곳에 뭐가 있다는 거야?"

사흘간 밤마다 로렌의 마법 이론 강습을 받으며 로렌이 대마법사였다는 걸 점점 믿기 시작한 레윈이었지만, 그런 그마저도 믿음이 흔들릴 정도로 그들은 점점 첩첩산중의 심산유곡으로 접어들고 있었다.

로렌이 괜히 레윈에게 도약 주문과 완강 주문이 있냐고 물어본 게 아니었다. 마법이 없었다면 절대 지날 수 없는 경로로 그들은 나아가고 있었다.

"헉, 헉, 조금만, 헉, 헉, 더, 헉, 가면, 되, 됩니다. 헉, 헉."

이 일정을 소화하면서 가장 고생한 사람은 다름 아닌 말을 꺼낸 로렌이었다.

"그러다 숨넘어갈라. 치유받을래?"

"아뇨, 괜찮습니다. 후우……."

로렌은 딱 잘라 손을 저었다. 한숨을 내쉬어 호흡을 고른 후, 그는 이어 말했다.

"안 그래도 매일 밤 받고 있는데."

그러자 도리어 레윈이 무안한 듯 툴툴거렸다.

"그래? 넌 왜 그렇게 마법을 아껴? 그것도 네 마력도 아니고 내 마력인데."

"…고생을 좀 해서요. 마력 부족으로."

"대마법사였다던 사람이?"

"네, 뭐."

사실 마력 부족으로 고생한 건 김진우였던 시절이지만 그런 것까지 레윈이나 라핀젤에게 밝힐 생각은 없었다. 아무리 그땐 사태가 사태였으니 어쩔 수 없었다지만 한번 몸에 밴 마력 절약 정신은 좀처럼 빠지질 않았다.

"하지만 확실히 이런 곳까지 오면 남작이나 대공님의 추적자도 못 따라오겠지."

"설령 따라오더라도 바로 알아챌 수 있을 겁니다."

바위 위에 걸터앉아 물을 마시며 한숨 돌리던 로렌이 레윈의 말에 그렇게 덧붙였다. 그들은 오르막을 올라왔고, 로렌이 걸터앉은 바위에서는 그들이 올라온 길이 훤히 들여다보였다. 특별한 은신 능력이라도 활용하지 않는 이상, 추적자가 몸을 숨길 방법 따위는 없었다.

"기다리시게 만들어서 죄송합니다. 자, 그럼 이제 가시죠."

로렌이 그렇게 말하며 다시 슥 일어서자 옆에 앉아 있던 라핀젤이 로렌을 한참 동안이나 말없이 빤히 바라보다가 문득 입을 열었다.

"로렌, 너 키 컸어?"

"네?"

"그러고 보니 좀 큰 것 같군."

레윈이 옆에서 거들었다. 그야 그럴 만도 했다. 매일매일 몸을 혹사시키고 그걸 회복 마법으로 즉시 회복시키는 걸 반복하고 있으니, 그의 성장 속도는 상식적인 궤를 벗어나 있었다.

그렇다고 해봤자 아직까지는 평범한 집안에서 잘 먹고 잘 큰 12살 소년 정도였다. 로렌 본인은 몰랐지만, 애초에 고향 마을에서의 가혹한 일상 때문에 로렌의 체구는 비정상적으로 깡마르고 작았었다. 그랬던 것이 지금은 정상이 된 것뿐이었다.

"인간은 원래 그렇게 쑥쑥 크는 거야?"

라핀젤은 어째선지 좀 불만스러워하는 것 같았다.

"고향에서보다 잘 먹고 있으니까요……."

"아, 그래? 그럼 넌 우리가 키운 거네?"

로렌의 조심스러운 대답에 라핀젤의 표정이 이번엔 갑자기 확 밝아졌다.

"그럼 됐어!"

"…뭐가요?"

그 질문에 대한 대답은 돌아오지 않았다.

* * *

"도착했다! 도착했어요!!"

소리라도 지르고 싶은 기분이었다. 사실 이미 실제로 소릴 지르고 있었다. 길고 고통스러운 여정이었다. 그러나 보람이 있었다. 도착한 것이다.

하지만 로렌의 외침을 들은 레윈은 떫은 감이라도 씹은 듯했다.

"이게 뭐야?"

그럴 만도 했다. 그들은 지금 아무것도 없는 크레이터 한가운데에 서 있었다. 크레이터의 직경은 20m 정도로 그렇게까지 크지는 않았지만 뙤약볕을 가려줄 나무 한 그루도 없으니 괜히 더 덥게 느껴진다.

산과 숲으로 둘러싸인 오지 한가운데에 이런 크레이터가 있는 게 놀랍긴 하지만, 확실히 이런 곳에서 뭘 할 수 있을 거라는 생각은 들지 않을 법도 했다.

"신기하죠? 밖에서 보면 절대 발견 못 할 곳이에요! 산과 나무로 둘러싸여 있으니, 아무도 발견 못 할 법도 하죠."

"하늘을 날면 보이겠지."

"제가 그렇게 발견했죠. 시기적으로는 100년쯤 후가 되겠군요."

로렌은 크레이터 한가운데를 손으로 파기 시작했다. 부드러운 흙더미를 몇 번 치워내고 나니, 갑자기 움푹 꺼지는 부분이 생기기 시작했다. 로렌은 땀을 뻘뻘 흘리며 작업을 계속했다.

"도와줄까?"

"아뇨, 다 됐어요."

후드드득 하는 소리와 함께 크레이터 한가운데가 무너져 내리며 사람 하나가 빠질 만한 구멍이 생겼다. 팔을 움직여 구멍의 크기를 좀 넓힌 후, 로렌은 고개를 들었다.

"자, 들어갈까요?"

"여기로?"

레윈의 되물음에 로렌은 고개를 끄덕였다.

"네. 아, 완강 주문이 필요해요. 안쪽은 꽤 깊거든요."

레윈이 완강 주문을 걸어주자, 세 사람은 구멍 안으로 뛰어내렸다. 그들의 몸은 완강 주문에 의해 천천히 떨어졌다.

"와!"

라핀젤의 입에서 탄성이 터져 나왔다.

"신기하죠? 여길 발견한 건 순전히 우연이었어요."

구멍을 통과하자, 그들의 눈앞에는 거대한 공동이 펼쳐졌다. 인공적으로 지어진 것이 분명한, 단면이 깨끗한 돔형 공동의 중앙에는 집채만 한 배 한 척이 놓여 있었다. 그리고 직육면체 모양의 저 배, 즉 방주가 로렌이 여길 목적지로 삼은 이유였다.

"이런 산속 오지에 배라니… 신기하다기보다는 이상하군."

레윈의 지적은 실로 합당했다. 배라는 건 보통 바다 위를 다니기 위한 수단이니, 이런 산에 있을 이유가 없다.

저게 평범한 배였다면 말이다.

"지난 연대의 유물입니다."

"지난 연대?"

레윈의 반응이 영 미적지근한 걸 보니 그는 역사에 대해서는 자세히 배우지는 않은 것 같았다.

하긴 잘 생각해 보면 로렌 하트도 마력을 끌어내기 위해 이것저것 배우다가 마지막쯤에나 배운 게 역사였다. 이미 배울 건 다 배워 버린 대마법사니 역사에까지 손을 댔지, 아니라면 굳이 손을 뻗힐 이유가 없는 학문이었다.

그렇다고 딱히 역사를 배우는 게 금기는 아니었다. 우선순위가 뒤로 밀리는 이유는 단순히 역사가 수학이나 화학, 물리학 같은 것과는 달리 실용성이 낮기 때문이었다.

'지구에서도 마찬가지였지. 문과는 취직 못 한다고.'

참고로 김진우는 문과였다.

"지난 연대라면 용의 연대(Draconic Era) 말이야?"

그 대답은 의외로 아가씨 쪽에서 나왔다. 로렌은 다소 놀라며 대답했다.

"그렇습니다. 아가씨, 역사 쪽에 조예가 있으신가요?"

"응! 취미로!!"

아가씨는 자랑스레 대답했다. 그녀의 눈동자는 반짝반짝

빛나고 있었다.

"그럼 이 배는 용이랑 싸우기 위한 전함인 거야?"

"맞습니다, 아가씨. 잘 아시는군요."

"용이 이런 배를 탈 리 없으니, 그럼 소거법으로 용과 맞서 싸우던 사람들의 물건이라는 의미가 되니까."

아가씨의 말에 로렌은 다소 놀랐다. 로렌이 아가씨를 아무것도 모르는 바보 취급하고 있던 건 아니었지만, 용의 연대가 어떤 시대인지에 대해 파악하고 있는 사람 자체가 지금 시대엔 드물었기 때문이었다.

"정확합니다. 정말 잘 아시는군요."

"헤헤, 취미도 쓸 만할 때가 있네."

아가씨는 머쓱하니 웃었다.

"그럼 이 배를 조종할 거야?"

"그건 아닙니다. 그러려면 동력원을 따로 구해야 해요. 그게 지금으로선 구하기 힘든 물건이라 당장 배를 움직이는 건 무리입니다."

"아… 그래?"

아가씨는 상당히 실망한 듯했다.

"…그런데 용의 연대란 게 뭐야?"

그때, 레윈이 조심스럽게 입을 열었다. 그러자 아가씨가 씨이익 웃었다.

"알고 싶어… 요?"

아가씨의 말을 들은 레윈이 입을 꾹 다물었다. 굴욕을 견디는 표정이다. 그러다 문득 레윈은 로렌 쪽으로 시선을 돌렸다.

"로렌, 용의 연대가 뭐냐? …아니, 됐어. 역사는 나중에 배워도 돼."

레윈은 그냥 모르기로 한 모양이었다. 마법사로서는 일반적인 반응이다.

세 사람의 발이 배 위에 닿았다. 도착한 것이다.

"일단은 저 배 안으로 들어가야 해요."

로렌은 갑판 위를 저벅저벅 걷기 시작했다. 레윈과 아가씨도 그 뒤를 따랐다.

로렌 일행은 상갑판에서 내려와 함교로 향했다. 함교 내부는 오래 방치된 탓인지 먼지로 가득했다. 아가씨는 흥미로운 듯 함교를 둘러보고 있었지만, 로렌은 계속 걸어 선내로 들어가는 문을 열었다.

"익숙해 보이는군."

"연구차 자주 왔었으니까요. 그때는 그저 지식을 얻기 위해서였지만."

레윈의 말에 대꾸하며, 로렌은 통로를 계속해서 걸었다. 뒤에서 아가씨가 급하게 따라오는 발소리가 들렸다.

"어디로 가는 거야?"

"일단은 병기창으로 갈 생각입니다."

"병기창? 무기?"

"네."

병기창의 문은 굳게 닫혀 있었다. 그러나 로렌은 익숙한 손놀림으로 숨겨진 패널을 찾아 병기창 문의 잠금장치를 해제시켰다. 그러자 문이 자동으로 열렸다.

"…무슨 원리지?"

레윈이 신기해하며 물었다.

"그랑 드워프의 각인기예(Rune Art)입니다."

드워프라는 말에 레윈의 표정이 찡그러졌다.

"드워프? 그 난쟁이들 말인가?"

레윈도 엘프답게 드워프에 대한 감정이 별로 좋지는 않은 모양이었다. 로렌도 예전에는 로어 엘프였기 때문에 잘 알고 있었다.

"그치들의 선조라 할 수 있죠. 이것도 역사 이야기입니다만."

레윈은 역사라는 단어를 듣자마자 손을 휘휘 내저었다. 그걸 본 아가씨가 웃음을 터뜨렸다.

"역사라면 학을 떼는 모양이네요, 아저씨!"

아가씨의 말에 레윈은 혀를 찼다.

"역사 같은 건 나중에 배워도 돼. 그렇지, 로렌?"

"엘프 마법사라면 그렇죠."

레윈의 물음에 로렌은 무난하게 대답하며 병기창 안으로 먼저 걸어 들어갔다.

병기창 안의 모습은 평범한 창고와 비슷했다. 차이점은 보통 창고라면 각 물품끼리 구분되어 쌓여 있겠지만 여기서는 각 개인 무장 별로 한 세트씩 구분이 되어 있다는 점 정도였다. 비상시가 되면 한 사람이 하나씩 바로 가져갈 수 있도록 각각의 군장이 모두 결속되어 있는 상태였다.

그중 군장 하나를 로렌이 낑낑대며 끌어내었다. 군장의 모습을 본 레윈이 문득 입을 열었다.

"상당히 크군. 드워프 놈들은 이렇게 안 클 텐데."

"그랑 드워프라니까요, 레윈 씨. 현대의 드워프와 달리 체구가 두 배는 될 걸요."

"두 배?!"

"네, 2m는 넘죠."

로렌은 레윈의 말에 대꾸하면서 군장 옆에 결속된 단검을 하나 뽑아 들었다. 단검이라고는 하지만, 작은 체구의 로렌이 들자 어지간한 한 손 검 크기처럼 보였다.

"그건 뭐지?"

"그랑 드워프제 단검입니다. 이것도 각인기예로 만들어진 각인예물(刻印藝物: Rune Artifact)이죠."

로렌은 단검을 칼집에서 뽑아 감상하며 말했다. 용의 연대로부터 방치되어 있던 것이라고는 믿기지 않을 정도로 새것 같았다. 검신에는 빼곡하게 각인이 새겨져 있었다 이렇게 보존 상태가 좋은 건 각인의 힘 덕택이었다.

하지만 레윈은 각인예물이라는 말보다는 다른 단어에 더 주목이 간 모양이었다.

"…보통 그 정도 크기의 검은 단검이라고 안 부르는데."

정확한 지적이기는 하다. 로렌은 단검을 다시 칼집에 넣고 자신의 허리에 차며 대답했다.

"그랑 드워프 기준이니까요."

"대체 드워프들한테 무슨 일이 일어난 거야?"

툴툴거리는 레윈에게 아가씨가 문득 다가왔다.

"알고… 싶어요?"

"아니!"

아가씨의 깔깔거리는 소리를 들으며, 로렌은 자기 할 일을 계속했다. 이마에 땀이 송골송골 맺혔지만 닦아낼 생각도 하지 않았다.

"역시 아무도 손대지 않았군요. 다 있습니다."

"다? 뭐가?"

"전투식량이요."

사실은 이 전투식량이 그가 여기에 온 이유였다.

*　　　*　　　*

"물은 저쪽에 있는 연못에서 얼마든지 구할 수 있습니다. 그리고 군장 하나분 전투식량 한 세트 당 한 달… 이건 그랑 드워프 기준이고. 저희가 먹기엔 서너 달은 버티죠. 제가 먹기엔 다섯 달은 버틸 거고요."

로렌의 말을 들으며 레윈은 수상한 듯 물었다.

"이거 지난 연대의 물건이라며? 안 상했어? 먹어도 안 죽어?"

"네, 괜찮습니다. 보존 각인이 새겨져 있거든요. 맛은 없지만 안전합니다. 제가 직접 백 년 후에 먹어봤으니까요. …말이 좀 이상합니다만 아무튼."

로렌은 군장에서 수통을 떼어냈다.

"연못의 물은 더러우니 이 수통으로 옮긴 후 10분 이상 방치한 뒤에 드세요."

"그게 무슨 의미가 있지?"

"이 수통에는 정화 각인이 새겨져 있어요. 담긴 물을 맑게 해줄 겁니다."

"…생각했던 것보다는 기술력이 대단한데?"

레윈은 툴툴거렸다. 드워프를 칭찬한 자기 자신이 마음에 안 드는 모양이었다.

"당연히 엘프가 더 뛰어난 점도 많습니다. 드워프가 뒤떨어진 면도 많고요. …그러니 만일 인류 각 종족이 기술 교환에 적극적이었다면 인류는 더욱 빨리 발전했겠죠."

지난번의 로렌 하트는 그렇게 생각하지 않았지만 지금의 로렌 입장에서는 당연한 말이었다.

만약 로렌 하트가 각인기예를 익혔더라면 그 지식을 이어받은 김진우가 각인 예물을 제작할 수 있었을 것이고, 그렇게 제작한 각인 예물로 인류는 그래도 며칠은 더 괴물들 상대로 싸울 수 있었을 테니까.

"그렇지? 나도 그렇게 생각해!"

그때, 갑자기 아가씨가 큰 목소리를 내었다.

"그걸 위해서 모든 인류의 해방이 필요한 거야! 그 해방은 당연히 인류 전체의 번영으로 이어질 거고!!"

흥분한 아가씨의 목소리에 로렌은 다소 놀라면서도 고개를 끄덕였다.

"맞습니다, 아가씨. 아가씨의 말씀이 정답입니다."

"그렇지? 그렇지? 아무도 이해 못 하더라고. 이해해 준 건 네가 처음이야!"

"…그야 그럴 테죠."

당신은 시대정신이니까. 당신의 사상은 시대를 너무 앞서갔어. 당신이 제대로 된 평가를 받는 건 당신이 죽은 뒤 일백 년 뒤의 일이야.

그런 말을 하지는 않았다.

왜냐하면 이번에는 아가씨가 죽지 않을 테니까. 아가씨가 산 채로 정당한 평가를 받을 수 있도록 로렌이 진력할 것이므로. 로렌은 다시금 마음을 다져먹었다.

"그래서? 그 전투식량이 중요한 이유가 뭔데?"

레윈이 아주 약간 불만 섞인 목소리로 화제를 되돌렸다. 지금의 화제가 마음에 들지 않는 모양이었다. 하기야 그는 드워프를 싫어하는 지극히 평범한 엘프다. 그의 반응은 당연했다.

아가씨는 그런 그의 태도가 마음에 들지 않는 듯 입술을 삐죽였지만 아무 말도 하지 않았다. 로렌도 레윈을 비난할 마음은 없었다. 평범한 게 죄가 될 수는 없다.

"그야 여기 틀어박혀 있으려면 식량과 물이 필요하니까요."

그래서 로렌은 레윈의 질문에 담백하게 대꾸했다.

"틀어박혀?"

"네, 3개월 정도."

로렌은 당연하다는 듯 고개를 끄덕였다.

"마법을 공부하기에는 턱없이 부족한 시간입니다만, 적어도 제가 간신히 한 사람 몫을 해내기 위해 필요한 최저 시간입니다."

거기까지 말하고, 로렌은 레윈과 아가씨의 눈치를 보았다.

"안 될… 까요?"

"왜 눈치를 봐? 난 네게 시간을 주겠다고 대답했어."

아가씨는 쾌활하게 대답했다.

"그렇죠? 레윈 아저씨!"

아가씨는 레윈 쪽으로 시선을 돌렸다. 정작 그 레윈은 심각한 표정을 짓고 있었다.

"그 3개월이란 건… 내가 네게 배울 시간도 포함되어 있는 거겠지?"

"아, 네! 물론이죠!!"

로렌이 급히 대답했다.

"그렇다면 내게도 거부할 이유가 없지."

그러자 레윈도 눈빛을 향학심으로 빛내며 말했다.

* * *

그랑 드워프의 유산인 방주가 위치한 공동에서, 로렌 일행이 마법 수련으로 여념이 없던 어느 날이었다. 아가씨의 외침이 쩌렁쩌렁 울려 퍼졌다.

"전투식량 맛없어! 맛있는 걸 먹고 싶어!!"

사람으로서 지극히 당연한 발언이었다. 로렌도 딱 같은 걸 느끼고 있던 참이었다. 3개월 동안이나 같은 것만 먹고 있었다. 질리지 않으면 사람이 아니었다.

마침 3개월이 되었겠다, 슬슬 나갈 때가 되었다.

"그렇군요. 저도 어느 정도 성과를 거뒀겠다, 이제 여기서 나가도록 하죠."

"어, 벌써?"

로렌의 제안에 레윈은 아쉬움을 표했다. 그는 여기에서의 생활이 마음에 드는 모양이었다. 아니, 정확히는 로렌이 가르쳐 주는 마법 이론이 목적이겠지만.

정식으로 로렌의 가르침을 받게 되면서 레윈은 로렌이 대마법사였다는 걸 어느 정도 믿기 시작했다. 다른 말로 하자면 그전까지는 전혀 믿지 않았다는 의미도 되지만, 대마법사라는 단어가 지닌 의미를 생각하면 그럴 만도 했다.

마법사란 이들은 자기 위에 누가 있다는 걸 죽어도 믿기 싫어하는 인종이다. 그런데 앞에다 '대'라는 접두사가 붙으려면 좀 강해서는 안 된다. 사실 굉장히 강한 정도로도 안 된다.

스스로를 대마법사라 자칭하려면 말 그대로 자기 외의 다른 모든 마법사를 실력으로 확실하게, 이견의 여지없이 압도적으로 찍어 눌러야 가능하다. 즉, 당대 최고의 마법사만 달 수 있는 타이틀이다.

레윈도 마법사고, 마법사 특유의 성질이 전혀 없는 것은 아니다. 그럼에도 불구하고 로렌의 지식이 대마법사의 그것에 달할 수도 있다고 인정해 주는 것은 사실 레윈의 입장에서도 대단한 양보에 속한다.

뭐, 이런 거에 양보까지 필요하겠냐는 이야기도 나올 법은 하지만 마법사란 족속들이 원래 그렇다. 이렇게 양보까지 감수할 정도의 상대에게 수업을 받는 거다. 어떻게 아쉬워하지 않을 수 있을까?

하지만 인간의 수명에는 한계가 있고, 마법만으로는 자신의 목적을 달성할 수 없다는 것을 잘 아는 로렌은 여기서 마법만 파고 있을 수는 없었다.

이제 마법사로서도 어느 정도 제 몫을 할 수 있게 되었으니, 나갈 때가 된 게 맞았다.

애초에 그런 계산으로 아가씨에게 3개월이라는 기한을 받아둔 것이기도 했고.

"약속은 약속이니까요."

"…좀 아쉬운데."

로렌의 말에 레윈은 미련이 남은 듯 입맛을 다셨다.

"약속은 약속이니 어쩔 수 없지."

그러나 결국 레윈도 고개를 끄덕이고 말았다.

*　　　*　　　*

로렌이 요 3개월간 얻은 힘은 다음과 같다.

일단 마법 화살 50발 분량의 마력. 즉, 처음에 비해 50배의 마력을 얻게 되었다. 이 마력이라면 화염 폭발 5발 혹은 회복 주문도 10발을 발동할 수 있다.

사용할 수 있는 주문 종류도 늘어서, 화염 폭발이나 회복 주문뿐만 아니라 빛 발생이나 발화 등 잡다한 비전투용 주문들도 사용할 수 있게 되었다.

레윈에게서 받은 배움 중 마력을 끌어낸 건 절반 정도이므로, 나머지 절반을 이용해 마력 충전도 가능하다. 물론 마력 충전에는 시간이 좀 걸리지만, 어쨌든 재충전 수단이 생겼다는 것에도 큰 의의를 둘 수 있다.

"아직 중급 이상의 마법을 사용할 수 있을 정도로 마법 서킷을 성장시키지는 못했지만요."

마법 서킷이란 주문에 마력을 담아 마법을 구현화하는 개념상의 기관이다. 물리적인 실체가 있는 건 아니지만 마법사들은 자신의 뇌 속에 있다고 많이들 생각한다. 근육과 마찬가지로 마법을 많이 사용할수록 성장하며 더욱 복잡한 마법을 사용할 수 있게 된다.

다만 근육과 달리 마법 서킷의 성장은 엘프 쪽이 훨씬 빨랐다. 그리고 지금 로렌은 인간이고. 그렇기에 생각했던 것보다는 마법 서킷의 성장이 지지부진했다. 그 사실이 로렌을 답답하게 하고 있었다.

"그래도 마법 화살 딱 한 발 충전해서 갖고 다니던 시절에 비하면… 이제야 좀 제 몫을 할 수 있게 된 것 같군요."

영 만족스러워하지 못하는 로렌의 말에 레윈이 고개를 저었다.

"아니, 한 사람 몫치고는 너무 많은걸? 사용할 수 있는 주문 종류부터 마력 총량까지 전부 다. 딱 3개월 배웠다고 말하면 아무도 안 믿을 거야."

그건 그랬다. 마법을 익히는 건 이번이 세 번째였다. 종족이 다르기에 효율이 조금 낮을 뿐, 로렌은 세상의 그 어떤 마법사보다도 빠른 속도로 마법을 익혀 나가고 있었다.

"누가 물어보면 10년 동안 배웠다고 해. 그래야 말이 좀 되지."

"…그럼 저, 2살부터 마법 수련을 한 셈이 되는데요."

3개월이 지났다고는 하지만 로렌은 여전히 열두 살 소년이다. 마법 수련에 진력하느라 회복 마법을 이용한 편법을 써서 성장을 가속화시킨 것도 아니라서, 키가 또래보다 훌쩍 크거나 어깨가 떡 벌어지지도 않았다. 노안인 것도 아니니 그가 10년 동안 마법을 수련했다고 말한다면 세상의 그 누구도 믿지 않으리라.

"…그럼 7년. 이 이상은 양보 못 해."

"그냥 되도록 숨기고 다닐게요."

"그러도록 해."

그렇게 하기로 했다.

그 외에는 각인예물인 단검과 정화 각인이 새겨진 물통과 남은 전투식량 어느 정도를 챙겼다. 그리고 군장과 다른 각인 예물에서 잘라 낸 각인들 몇 개도 주머니에 쑤셔 넣었다.

"그것들이 쓸모가 있는 건가? 물통이랑 단검… 은 알겠다만."

"아뇨, 아무 쓸모도 없어요."

로렌은 고개를 저었다.

"각인을 제대로 다루려면 각인에 대해 이해하고 있어야 해요. 저희가 활용할 수 있는 건 이미 각인이 된 완제품뿐이죠."

수통, 단검, 전투식량. 이 셋이 완제품에 속한다. 다른 각인들은 지금으로서는 장식품에 불과했다.

"지난번의 저는 각인에 대해 이해하려고 하지 않았죠. 배울 기회가 있었음에도 배우지 않았어요. 마법이야말로 최고의 능력이라는 생각에 사로잡혀서요."

로렌의 말을 들은 레윈은 뚱한 표정으로 로렌을 쳐다보더니 이렇게 말했다.

"마법이야말로 최고의 능력 맞는데?"

로렌은 레윈의 그 대꾸에 딱히 반론을 표하지는 않았다. 그의 생각으로도 마법이야말로 최고의 능력이 맞았기 때문이었다. 다만 그 생각 때문에 다른 능력에 대해 알려고도 하지 않은 게 후회될 뿐이었다.

"…어쨌든 그래서 이 각인들은 그냥 아무 쓸모도 없어요."

"그럼 왜 챙기지?"

"저희한테는 쓸모가 없을 테지만, 교섭에는 쓸모가 있을 겁니다."

로렌의 대답에 레윈은 표정을 살짝 찌푸렸다.

"교섭? 드워프들을 상대로 말인가?"

"네."

로렌의 대답을 듣고도, 레윈은 여전히 고개를 갸웃거렸다.

"네가 뭘 하려는 건지 잘 이해가 안 가는데."

"뭐, 언젠간 쓸모가 있을 겁니다. 그냥 대충 그렇게 생각하는 것뿐이에요."

로렌은 그렇게 얼버무렸다. 그러자 레윈은 조금 전보다 더욱 미간을 찌푸렸다.

"미래를 아는 현인의 말이라고는 믿을 수 없는 대답이로군."

"그 미래는 바뀔 거라니까요."

로렌의 그 말을 듣고 나서야 비로소 레윈은 찌푸린 미간을 폈다.

"아아, 맞아. …그래야지."

로렌과 레윈의 시선이 아가씨를 향했다.

"준비 다 끝났어요?"

아가씨는 남자들의 시선에 그 질문으로 대신 답했다.

"네, 아가씨. 그럼 출발하죠."

"그래, 가자! 맛있는 거 먹으러!!"

아가씨는 의욕에 가득 차 외쳤다.

5장
전생과는 달리

로렌 일행은 사흘을 걸어 사운델리로 돌아왔다.

"우릴 쫓는 그림자는 없는 것 같군."

레윈이 속삭였다.

세 사람의 모습은 누가 봐도 수상했다. 셋 모두 후드를 꾹 눌러 쓰고 천으로 입을 가렸으니. 여행자들이 취하기에는 그렇게까지 부적절한 복장은 아니었지만 문제는 검문이었다.

여행자 무리에 섞여 들어왔을 때와 똑같이 그들은 경비병의 검문을 받아야 했다. 그리고 경비병은 당연히 그레고리 남작의 영향력 아래에 있다. 경비병이 그레고리 남작에게서 별

지시를 받지 않았다면 아무런 문제가 없겠지만 그럴 가능성은 낮았다.

아가씨와 레윈의 모습을 확인하고 나면 일단 통과는 시켜주겠지만, 곧장 상부에 보고가 들어가고 다시 그들에게 그레고리 남작의 추적자들이 따라붙을 것이다.

"아무리 그래도 이럴 필요까지 있었나?"

레윈은 아가씨를 곁눈으로 내려다보았다. 아가씨의 투명해 보일 정도로 하얀 피부는 더럽혀져 있었고, 찰랑거리는 검은 머리카락에도 먼지가 붙어 있었다. 넝마 같은 천을 옷 대신 걸치고 있고, 발은 맨발에, 목에는 목줄이 채워져 있었다.

전형적인 로어 엘프 노예의 모습이었다.

이 모습을 취하기로 한 건 아가씨 본인의 제안이었다.

처음에는 사운델리를 거치지 않고 곧장 남작의 저택으로 직행할 생각이었다. 다소 강행군이기는 하지만 어쨌든 전투식량도 있으니 못 갈 건 없었으니까. 하지만 아가씨가 반대했다.

"맛있는 거 먹자고 나왔는데, 또 전투식량만 먹으면서 가자고요? 그렇겐 못 해요!"

전형적인 귀족 아가씨의 제멋대로인 발언이었지만, 로렌은 그녀가 로렌을 생각해서 한 말임을 간파했다.

로렌이 좀 강해졌다고는 하지만 그건 어디까지나 마법의 영역이었고, 육체적인 면에서 로렌은 여전히 어린아이였다. 사운델리를 우회하려면 또 사람이 다니는 길을 피해 숲을 뚫어가야 하는데, 로렌이 버티지 못할 것이라고 아가씨는 생각한 것이리라.

"아무리 그래도 그렇지, 로어 엘프로의 변장이라니."

"전 로어 엘프를 해방시킬 생각이에요. 로어 엘프도 저와 다를 바 없는 엘프예요. 그러니 로어 엘프로 변장하는 것에 거부감을 느낄 필요는 없어요."

레윈은 아가씨의 말에 반대할 만한 논리를 찾지 못했다.

그래서 지금 아가씨의 목에 채워진 목줄의 끝은 레윈이 쥐게 되었다.

레윈 본인도 변장을 안 한 건 아니었다. 그는 자신의 반짝거리는 금발을 깨끗하게 밀어버렸다. 딱 보기에 완전히 다른 사람처럼 보이는 데다, 회복 마법으로 쉽게 재생시킬 수 있다는 게 그 이유였다.

막 머리를 밀었을 때, 아가씨는 레윈에게 손가락질까지 하면서 깔깔대며 웃었었다. 그렇다고 아가씨가 로어 엘프로 변장한 모습을 보고 레윈은 비웃거나 하지는 않았다. 레윈도 다 큰 성인 남자라 당연하다면 당연한 반응이기는 했다.

"그럼 전 어쩌죠?"

두 사람이 모두 변장한 걸 본 후 나온 로렌의 말에 레윈은 그를 한참 동안 들여다보다가 문득 픽 웃으며 이렇게 말했다.

"넌 됐어. 3개월 전에 비하면 다른 사람처럼 컸으니까. 살도 엄청 쪘고."

살이 쪘다기보다는 그전에 너무 말라비틀어진 거였고 지금이 정상 체중인 거였지만, 로렌은 딱히 반박하지 않았다. 어설프게 반박했다가 머리를 밀고 싶지는 않았기 때문이었다. 아무리 회복 마법으로 원래 상태로 돌아올 수 있다 한들 싫은 건 싫은 것이었다.

'존경합니다, 레윈 씨.'

어쨌든 그래서 일행은 전과는 전혀 다른 모습으로 사운델리의 성문 앞에 도달했다. 경비병은 로어 엘프의 모습을 한 아가씨를 보자마자 얼굴을 찌푸렸다.

"…읏, 로어 엘프! 잘도 이런 걸 데리고 여행을 하고 있군."

마치 자신의 시야 안에 넣는 것조차 역겹다는 듯 경비병은 바로 고개를 돌려 버렸다.

아가씨에게서 냄새가 난다거나 하는 건 아니었지만, 불가촉천민이란 건 손은 물론, 발, 몽둥이로도 접촉하면 안 되고, 당연히 말도 걸면 안 되며, 시선으로도 닿으면 안 된다는 게 일반적인 상식이었다. 그래서 불가촉천민을 다루는 노예 상인도 천민 취급이었다.

"칼을 갖고 있군. 이런 어린애까지……."

"내 시종이오."

로렌을 바라보며 한 경비병의 말에 레윈은 뚱하니 대꾸했다. 그러자 경비병은 픽 웃었다.

“천민 주제에 시종? 하기야 노예 상인은 꽤나 벌어들인다는 소문이 있더군. 뭐, 시종에게 도망 노예라도 쫓는 훈련이라도 시켰나 보지?”

레윈도 이런 취급을 받으리란 걸 몰랐던 것은 아니었다. 애초에 머리를 민 이유가 그것이었다, 일부러 머리를 미는 건 천민 정도니, 노예 상인 역할을 떠맡자면 아예 더욱 리얼하게 가보자고 한 짓이었다.

“이걸 붙이시오. 봉인지요. 떨어지면 벌금이니까 알아두시고. 좋아, 통과.”

레윈과 로렌의 칼에 밀랍으로 된 봉인지를 녹여 붙이고, 그들은 별문제 없이 성문을 통과했다. 애초에 전쟁 중인 것도 아니고 마물들의 침략을 받고 있는 것도 아니니, 검문이 그리 빡빡할 이유는 없었다.

“뒷골목으로 가시오, 민폐니까.”

그들이 성문을 통과하자 뒤에서 경비병이 외치는 소리가 들렸다. 이쪽은 쳐다보지도 않았다. 그럴 줄 알았다.

로어 엘프였던 로렌 하트에게는 익숙한 처사였다. 익숙할 법도 했다. 아무리 발레리에 대공이 권력으로 로어 엘프를 해방했다 한들, 사람들의 인식이 좇아오는 건 훨씬 더 많은 세월이 걸린다.

사람 자체가 바뀌지 않으면, 그러니까 세내가 바뀌지 않으면 이런 취급도 바뀌지 않는다. 그러니 로렌 하트가 마법사가 된 이후로도 100년 정도는 계속해서 차별을 받아왔다.

성문을 통과하자마자, 흑흑거리는 소리가 들렸다. 아가씨가 울고 있었다. 경비병의 취급에 굴욕을 느껴서 그러는 줄 알았더니, 그런 게 아니었다.

"로어 엘프들이… 이런 취급을……! 나는, 나는 몰랐어……!!"

"알았으니까, 일단은 그쳐. 시선을 끌어모으잖아."

레윈이 그렇게 달랬다. 달래는 것 같지도 않은 말이었지만, 효과는 있었다. 아가씨의 울음소리는 확실히 잦아들었다.

하지만 사실 애초에 거리에서 아가씨를 보는 시선은 없었다. 불가촉천민을, 더러운 것을 일부러 보려는 사람은 없었기 때문이었다.

로어 엘프로 변장하기로 한 건 그런 의미에서는 참 현명한 선택이기도 했다. 사람들이 얼굴을 들여다보려고도 하지 않으니, 누군지 들킬 리도 없었다.

*　　　*　　　*

로렌 일행은 경비병의 말대로 뒷골목을 돌아 로어 엘프를 묶어놓을 수 있는 마구간 아닌 노예구간이 붙은 숙소를 찾았다.

"절대 건물 안으로 들이지 마시오!"

숙소 주인은 딱 잘라 말했다. 숙소 주인 또한 아가씨 쪽을 쳐다보지도 않으려 한 건 이제 굳이 신경 쓸 필요도 없는 일이다.

노예구간에는 한쪽 구석에 쌓인 더러운 짚더미 정도가 가구의 전부였고, 목욕물은 당연히 제공되지 않았으며, 화장실도 덩그러니 놓인 요강이 전부였다.

불행인지 다행인지 숙소에 묵고 있던 다른 로어 엘프는 없었다. 그래서 노예구간은 아가씨 혼자 쓸 수 있었다. 만약 다른 로어 엘프가 있었더라면 그냥 같이 지내야 할 판이었다.

"이게 과연 좋은 생각이었는지에 대해 새삼 의구심이 드는군."

레윈이 불평했다.

"아뇨."

그렇게 대답한 건 아가씨였다.

"저에게 있어서는 좋은 경험이 될 것 같아요."

"이걸 보고도 그런 말이 나오다니, 너도 중증이로군."

레윈은 어이가 없는 듯 손을 내저었다.

"직접 경험해 보지 않으면 알 수 없는 것도 있어요. 그리고 저는 이번 경험으로 새롭게 알게 된 게 있어요."

"하, 로어 엘프들이 얼마나 불쌍한지에 대해서 말이야?"

"아뇨, 그 반대예요."

아가씨의 눈동자는 더 이상 슬픔이나 동정심으로 흐려져 있지 않았다. 대신 그녀의 에메랄드빛 눈동자에 서린 것은 차가운 이성이었다.

"이건, 이상해요."

"이상하다니. 그야 뭐, 이상하긴 하지. 하지만 뭐가?"

레윈의 되물음에 아가씨는 잠깐 자신의 생각을 정리하는 시간을 지낸 후 다시 입을 열었다.

"보통 역사적으로 볼 때, 노예라는 건 자신들이 하기 싫은 일을 대신 시키기 위한 인적 자원으로 소모돼요. 소모라는 단어가 듣기 싫긴 하지만 실제로 그랬으니 어쩔 수 없죠."

"그건 시녀나 다른… 그러니까 고용인의 역할 아닌가?"

"고용인들은 자신들의 노동에 대한 보상을 받죠. 노예는 달라요. 그냥 소모만 될 뿐이죠."

아가씨는 한숨을 내쉬기 위해 잠깐 발언을 멈춰야 했다.

"어쨌든 노예는 소유주가 자신의 일을 대신 시키기 위해 존재해요. 보통… 일반적으로는 그렇죠."

그것만으로도 불쾌한 듯, 아가씨는 다시 잠시 말을 멈추고 미간을 찌푸렸다. 그러자 답답해진 레윈이 그녀의 이어질 말을 재촉했다.

"그래, 거기까진 알겠어. 그런데 뭐가 이상하다는 거야?"

"불가촉천민이라는 로어 엘프의 취급이라는 게 지나치게 가혹하다는 점이에요. 마치 누군가가 의도한 것처럼 말 그대로 '쓸데없이' 가혹하죠."

쓸데없이. 레윈은 그 단어의 의미를 곱씹는 것처럼 보였다.

"…계속해 봐."

"고대에 노예제가 한 번 사라진 이유는 인류 중 그 어떤 종족도 보상 없는 노동에 대단히 낮은 효율성을 보였기 때문이에요."

아가씨의 고대 시대 이야기에 레윈은 불평을 끼워 넣었다.

"또 역사 이야기인가?"

"아뇨. 역사 이야기는 이걸로 끝이에요. 노예 이야기를 계속할게요."

아가씨는 호흡을 가다듬었다. 긴 이야기가 될 것 같았다.

"공짜 싫어하는 사람은 없다지만, 제값을 치러서 배의 이득을 거둘 수 있다면 이야기는 달라져요. 0을 지불해서 1의 결과를 얻는 대신 1을 지불해서 10의 결과를 얻는 쪽이 압도적으로 이득이죠."

"그야 그렇겠지."

"그런데 로어 엘프를 노예로 다루는 사람들은 2를 지불해서 1도 제대로 못 얻고 있어요."

레윈은 아가씨가 하려는 말의 논지가 뭔지 눈치를 챈 듯, 입을 다물었다. 아가씨는 계속해서 말했다.

"로어 엘프는 불가촉천민이라 직접 명령하는 것도 불가능해요. 매질도 못 하고, 시선조차 줄 수 없죠. 그래서 로어 엘프를 다루기 위해서는 사이에 노예 관리인을 끼워야 하죠. 노예 관리인은 천민이라지만 어디까지나 고용인이고, 노동에 대한 대가를 지불해야 해요."

아가씨의 시선이 날카로워졌다.

"공짜로 쓰는 것에 의의를 두는 노예들을 부리기 위해 따로 지출이 필요해지는 셈이죠. 비효율적이에요. 부부싸움을 하고 아이를 사이에 끼워 간신히 대화를 성립시키는 사이 안 좋은 부부만큼이나요."

아가씨는 시선을 돌려 노예구간을 가리키며 말했다.

"더군다나 이 노예구간이라는 시설도 보세요. 혹여나 로어 엘프와 같은 물을 마시거나 같은 공간에서 숨을 쉴까 봐 로어 엘프와 소유주의 생활공간을 철저히 분리시키는 형식이에요. 따로 시설을 구축하고 관리해야 하죠. 당연하지만 시설의 건설비와 유지비도 공짜는 아니죠."

노예구간은 본 건물과 완전히 별개의 다른 건물로 따로 지어져 있다. 통로는 물론이고 창문이 맞닿는 것조차 피하기 위함이었다.

“이렇게 해서야 비로소 부릴 수 있는 로어 엘프에게 주어지는 노동은 오로지 육체노동뿐이에요. 아시다시피 로어 엘프는 육체노동에 매우 취약하죠.”

“그렇긴 하지. 로어 엘프뿐만의 이야기는 아니지만.”

“네, 엘프 종족의 가치는 사실 여기에 있죠.”

아가씨는 자신의 머리를 가리켰다. 지성. 그런 의미였다. 말하자면 스스로가 스스로의 머리가 좋다고 말한 셈이 되지만, 로렌은 굳이 그 점을 지적하지는 않았다.

“그런데 듣기로는 로어 엘프에게는 문자는 물론 다른 어떤 지식이나 기술도 전수시켜서는 안 된다고 해요. 금기로 전해 내려오죠. 왜 그런지는 아무도 몰라요. 정말로… 철저하리만큼 비효율적인 처사예요.”

“근거는 알았어.”

레윈이 미간을 잔뜩 찌푸린 채 말했다.

“그래서 결론은 뭐야?”

그 질문에 대한 답은 곧장 나왔다.

“저는 이 일련의 취급에 악의를 느껴요. 이 제도하에서는 로어 엘프는 노동력으로 활용되기보다는 그저 괴롭힘의 대상이 될 뿐이에요. 마치… 누군가가 오로지 로어 엘프라는 종족에 대해 악의만으로 이런 제도를 만들었다는 망상마저 들 정도로요."

"…그렇군."

그리고 거기까지 대화를 나누고서야 두 사람의 시선이 로렌을 향했다.

"아까부터 입을 다물고 있군, 로렌. 정답을 아는 표정인데. 슬슬 알려줄 수 없을까?"

레윈의 말에 로렌은 과장되게 한숨을 내쉬어보였다.

"역사 이야기가 될 텐데 괜찮으시겠어요?"

"이번만큼은 참도록 하지."

그렇다면 어쩔 수 없었다.

* * *

"사실 저는 꽤 놀라고 있습니다. 이 정도만의 근거로 올바른 결론에 이르기란 실로 힘든 법이거든요. 정작 이런 취급을 받았던 장본인인 로렌 하트조차 역사를 제대로 공부하기 전에는 아가씨와 같은 결론에는 이르지 못했습니다."

로렌은 그렇게 서문을 열었다.

"어쩌면 이런 건 외부에서 봐야 더욱 명확하게 드러나는 것일지도 모르겠군요. 당시의 저는 제가 그런 취급을 받는 걸 당연하게 여겼으니까요. 이상하다는 것조차 느끼지 못했죠."

그런 로렌의 말에 아가씨가 명백히 불쾌한 표정을 지어 보였다. 그 불쾌해하는 표정이 로렌에게는 눈부셔 보였다. 그 불쾌함은 아가씨 본인을 위한 것이 아님을 그는 잘 알고 있었다.

"네, 아가씨 말씀이 맞습니다. 로어 엘프에 대한 이러한 모든 처사는 모두 악의로 인해 만들어진 것들입니다."

"누가, 이런……."

아가씨의 말에 로렌은 담백하게 대답했다.

"엘프입니다."

"엘프?"

레윈이 놀라 되물었다.

"정확히는, 지금은 로어 엘프의 동족이라고 하면 큰일 나는 웰시 엘프입니다."

"…그런 이야기는 들어본 적이 없는데."

역사에 취미를 두고 공부한 적이 있는 아가씨께서 그렇게 말씀하셨다. 그건 당연한 거였다. 치욕적인 역사는 가려지게 마련이니까. 의도적으로, 조직적으로 삭제된 역사는 되짚기 어려워서 당사자가 아닌 제3자가 남긴 기록에 의존하지 않으면 좀처럼 진상을 규명하기 어렵다.

지금 로렌이 입에 올리는 역사란 200년 후에나 밝혀지는 진실이었다. 그것도 엘프가 기록한 것이 아닌, 인간이 기록한 단편적인 정보를 조합해서야 비로소 진실에 가 닿을 수 있었다.

"중세 후기까지 엘프만의 국가가 있었다는 건 아십니까?"

"응, 그건 배운 적이 있어. 엘리시온 왕국."

"맞습니다. 중세 엘프들은 마법의 힘으로 상당히 부강한 왕국을 이뤄냈었죠. 하지만 그 반대급부로, 마법의 전파를 철저히 금하고 다른 종족과의 기술 교류도 거부했었습니다. 그 폐쇄 정책은 적어도 중세 중기까지는 상당히 효과적이었죠."

로렌은 레윈 쪽을 바라보았다. 레윈은 그런 걸 전혀 몰랐던 모양인지 뚱한 표정이었다.

"중세 내내 전성기를 보내던 엘리시온 왕국은 중세 후기에 주변 국가들의 협공으로 멸망당했습니다. 엘리시온 왕국의 멸망이 중세라는 시대의 마침표가 될 정도였으니 그 파급 효과는 대단하다고 할 수 있겠습니다."

"인류 연대(Mankinds Era)의 가장 큰 사건이라고까지 일컬어졌다고 들었는데, 맞아?"

"정확하십니다. 이 대륙에 마지막까지 남았던 단일 종족 강대국의 멸망이었으니, 그렇게 칭하기에 부족함이 없죠."

그런 일견 지금의 화제와는 전혀 관련이 없어 보이는 지겨운 역사 이야기를 듣고 있음에도 불구하고 레윈은 뭔가 깨달은 듯 깜짝 놀랐다.

"그럼 웰시 엘프가 로어 엘프를 구렁텅이로 빠뜨렸다는 건……."

"네, 엘리시온 왕국이 멸망할 때의 일입니다. 역시 마법사시니 바로 이해하시는 것 같군요."

"…마법이란 건 비전이지. 아무나에게 물려주는 게 아니야."

"보통 혈통을 통해서만 전수하죠. 후세에는 꽤 흐려지는 전통입니다만."

"그렇다면 로어 엘프라는 건……."

"맞습니다."

로어 엘프였던 로렌 하트가 대마법사라는 직위까지 올라갈 수 있었던 것은 결코 우연이 아니다. 그에게 마법의 재능이 있었기 때문이다. 그리고 그 마법의 재능은 우연히 주어진 것이 아니다.

"엘리시온 왕국의 실권자이자 귀족이었던 자들입니다. 마법의 비전을 물려받은 순혈 마법사들이기도 하지요."

그리고 로렌 하트 또한 그런 순혈 마법사의 후예였다. 그가 지녔던 마법의 재능이 어디서 왔는지는 이제 더 이상 설명할 필요도 없으리라.

"지금은 웰시 엘프라 불리는 엘리시온 왕국의 왕족들은 연합군에게 항복하면서 무장해제를 하게 되지요. 엘리시온 왕국의 가장 큰 무기는 당연히도 마법을 뜻합니다. 무장해제를 하기 위해서는 마법사들을 버려야 했죠."

그렇게 버려진 자들의 후예인 로렌은 아무렇지도 않게 이야기를 이어나갔다.

"더군다나 옛 왕국에서 특권을 독점해 오던 로어 엘프들은 대중의 분노를 사고 있었습니다. 웰시 엘프들은 살아남기 위해서라도 로어 엘프들을 버려야만 했습니다."

아무리 왕족이라 한들 대중으로부터 망국의 분노를 사게 되면 살아남기 힘들다. 그래서 그들에게는 방패막이가 될 대상이 필요했다. 그게 바로 로어 엘프였다.

"결국 로어 엘프들은 왕국이 멸망할 때 망국의 원인으로 지목되어 귀족에서 노예로 끌려 내려오게 됩니다. 뭐, 자업자득이라 할 수 있겠죠."

로렌의 이야기를 들은 레윈은 한숨을 내쉬었다.

"…그래서 로어 엘프에게 엘프어와 지식, 기술 전수를 엄금하게 된 거로군."

"네. 로어 엘프들이 마법을 다시 익히기라도 하면 큰일이니까요."

혐오라는 감정은 높은 확률로 공포를 동반한다. 일반인들의 로어 엘프에 대한 호들갑스럽게까지 보이는 혐오 또한 그런 케이스였다. 혐오의 이유는 철저하게 은폐되고 삭제되었지만, 혐오 그 자체만큼은 남아 역할을 계속하고 있다.

“그럼 로어 엘프들에게 이렇게 심한 짓을 해온 건 로어 엘프들을 죽이기 위해서야?”

“뭐, 그건 꼭 그렇지만은 않습니다. 처음에는 그런 의도였을지도 모르겠습니다만.”

웰시 엘프들이 만든 로어 엘프들에 대한 ‘행동 규칙’을 철저히 이행한 건 인간이나 다른 종족, 혹은 웰시 엘프 본인들이 아닌 말하자면 엘프 서민이라 할 수 있는 하이어드들이었다.

웰시 엘프들은 그냥 로어 엘프에게 보복당하지 않기 위해 그들의 이빨을 빼놓는 데서 만족했지만, 하이어드들은 위에서 내려온 규칙을 훨씬 상세하고 가혹하게 적용해 로어 엘프들을 괴롭혔다.

하이어드들이 로어 엘프에게 특별한 반감을 품게 된 이유는 훨씬 단순하다. 그냥 로어 엘프에 대한 학대만이 그들을 충족시킬 수 있기 때문이다.

미국에서 흑인 노예들이 해방될 때 가장 반감을 보였던 이들은 노예주들이 아닌 도시의 화이트 푸어들이었다. 화이트 푸어들이 노예 해방에 품은 반감과 하이어드가 가지고 있는 반감의 속성은 완전히 동일하다.

그들에게는 자신보다 못한 이들이 필요하다. 자신보다 못한 이들이 존재한다는 것만으로 그들은 마음의 위안을 얻을 수 있다.

그래도 노예보다는 내가 낫다는 위안만이 열등감을 조금이라도 누그러뜨리고 있었는데, 만약 노예가 해방되면 어떻게 될까? 그들에게 있어서는 노예였던 자들이 나보다 나아질지도 모른다는 생각에서 오는 불안감은 도저히 말로 표현할 수 없는 것이리라.

상당수의 하이어드들은 이미 대부분 경제적으로 부유해지고 그들 중 몇몇은 웰시 엘프보다도 훨씬 강한 발언권을 가지게 되었음에도 불구하고, 옛 인식이 대를 이어 그대로 이어져 내려왔다. 그렇기에 불안감과 혐오감도 그대로 존속하게 된 것이다.

그런 연유로 그레고리 남작 휘하의 하이어드들은 라핀젤 발레리에 넬라의 노예 해방 발언에 큰 불만을 품고 그녀를 마녀로까지 몰아세워 불태우게 된다. 자신들이 품은 불안과 혐오의 원인과 이유조차 모른 채, 그저 그래야 한다고만 믿고.

"아셨습니까? 이게 아가씨가 하려는 일입니다. 꼬이고 꼬인, 어떻게 뒤틀리고 만 건지조차 잊힌 복잡하게 엮여진 옛 매듭을 이제 와서 풀려는 것과 같은 일입니다."

로렌은 그렇게 이야기를 마쳤다.

"하지만 로렌, 대답해 봐."

이 모든 이야기를 듣고도, 라핀젤 발레리에 넬라의 눈동자는 흐려지지 않았다.

"내가 옳지?"

그 질문에 대해 로렌이 할 수 있는 대답은 하나뿐이었다.

"네, 옳습니다."

"그럼 됐어!"

고뇌 같은 건 할 필요도 없다는 듯, 아가씨는 그렇게 명쾌하게 결론 내렸다.

*　　　*　　　*

아가씨가 원했던 것처럼 맛있는 걸 맛보지도 못하고, 그들은 딱 하루만 쉰 후 사운델리를 뒤로했다. 아가씨를 로어 엘프의 모습으로 오래 놔두는 건 별로 좋은 생각이 아니라는 레윈의 판단 때문이었다.

"전 괜찮은데."

"내가 안 괜찮아."

레윈은 그렇게 딱 잘라 말하고 그녀에게 묶었던 목줄을 풀었다.

"어차피 이제 무리 지을 일도 없고, 우리끼리 다니는데 굳이 변장하고 다닐 건 없잖아?"

그렇게 말하면서, 레윈은 자신에게 회복 마법을 사용해 풍

성한 금빛 머리칼을 되찾았다.

레윈의 말대로다. 추적자는 완전히 따돌렸다. 임무에 실패한 추적자가 아가씨를 찾아다니고 있을지도 모르지만 지금 와서 찾아내 봐야 아무런 의미가 없었다.

앞으로 사흘거리만 더 가면 남작의 저택이 나온다. 지금은 변장을 푸느라 길 밖으로 나와 있지만, 그들이 가는 길은 가도로 통행하는 사람이 많다. 사람들의 눈을 피해 비밀리에 '처리'하는 건 불가능하다. 사실 가장 위험했던 건 사운델리였고, 거길 지나쳤으니 이제 변장을 풀어도 된다.

변장을 풀자마자 머리카락부터 재생시킨 것 때문에 그냥 대머리 상태로 다니는 게 싫었던 것처럼 보이지만 하는 말은 이치에 맞았다.

"뭐, 그래도 조금은 조심하는 게 나을지도 모르겠다만."

후드를 깊게 눌러 써 머리칼을 감추면서, 레윈은 한숨을 푹 내쉬었다.

"왜 그래요?"

"아니, 어제 들은 이야기를 생각하다 보니 절로 한숨이 나오는군."

"레윈 아저씨는 하이어드니까요. 지레 찔리는 것도 무리는 아니죠."

아가씨는 그렇게 레윈을 놀려대었다. 그러자 레윈은 입술을 삐죽 내밀며 투덜거렸다.

"그렇다고 난 내 부모님께 로어 엘프를 철저히 괴롭히라는 말은 들은 적이 없는데."

"훌륭하신 분들이었으니까요."

"돌아가신 것처럼 말하지 말아줄래?"

"아니, 그럴 의도는 없었는데요."

아가씨도 로어 엘프의 모습을 그만두고 나서 조금은 기분이 들뜬 것 같았다. 그 전까지 약간 가라앉은 상태였으니, 상대적으로 그렇게 보이는 것일 뿐일지도 모르지만.

그것도 잠깐이었다.

"이제 북쪽으로 사흘 길을 가면 남작의 저택이겠군요."

로렌 일행은 원래 역사대로라면 라핀젤 발레리에 넬라가 불에 태워진 그 도시를 향해 가고 있었다.

"뭐 특별한 작전이라도 있는 거야?"

레윈이 로렌에게 물었다. 어느새 로렌이 이 일행의 리더가 된 것 같은 느낌이 없지 않았다. 하기야 로렌은 불완전하나마 미래를 안다. 그의 의견을 묻는 건 당연한 것이라 할 수 있었다.

"남작이 어떻게 나오느냐에 따라 다르죠."

로렌은 어려운 듯 말했다.

"사실 지금 저는 아가씨의 발레리에 가문 인장을 빼앗으려

든 게, 남작이 아닐 수도 있다는 생각을 하고 있습니다."

"남작의 영향력하에서 이뤄진 일이라는 건 확실한데."

로렌의 가설에 레윈이 반박했다.

"…하지만 남작의 수하 중 하나가 멋대로 일을 일으켰을 가능성도 없지 않겠지. 남작에게 고용된 하이어드들이 이 경우 유력한 용의자가 되겠지만."

그러나 레윈은 곧 그렇게 손바닥을 뒤집었다. 로렌은 고개를 끄덕여 찬동했다.

"네… 남작이 평균 이상의 지능과 적당한 눈치를 갖고 있다면 발레리에 대공께서 왜 아가씨를 여기에 보내셨는지 추론해 낼 수 있을 테니까요."

"남작이 그냥 남의 참견받기 싫어하는 머리 나쁜 귀족이라면?"

"그러니까 그걸 직접 보고 판단해야죠."

그렇게 말한 후, 로렌은 골치 아픈 듯 자신의 이마를 손바닥으로 덮었다.

"…문제는 제게 그럴 기회가 없다는 거지만."

로렌의 말에 레윈은 쓴웃음을 지으며 동의했다.

"그야 그럴 테지. 보통 귀족은 평민이랑 말도 섞기 싫어하니까."

"난 좋아하는데."

아가씨가 눈을 동그랗게 뜨고 말했다.

"그거야 아가씨가 특이한 거니까."

레윈의 쓴웃음이 웃음으로 바뀌었다.

"아마 남작과의 접견에는 우리 동행이 허락되지 않을 거야. 아니, 확실하다고 봐도 되겠군. 남작이 특별히 바보라는 소문도 없지만, 특별히 아량이 넓다거나 지혜롭다거나 하는 소문도 없어. 좋은 의미로든 나쁜 의미로든, 그냥 평범한 귀족이지."

"귀족더러 평범하다고 하는 것도 좀 그렇긴 하지만요. 소문으로 듣기로는 그런 모양이더군요. 기록도 마찬가지구요. 하기야 기록이라고 해봤자 '발레리에 대공의 검에 목이 달아났다' 정도였지만."

로렌의 말에 레윈은 끄응, 하고 침음을 삼켰다.

"결국 직접 만나보는 수밖에 없는데, 만날 수가 없다. 이거로군?"

"네, 전적으로 아가씨의 안목에 맡기는 수밖에 없죠."

"그럼 된 거 아니야?"

아가씨가 뭐가 문제냐는 듯 고개를 갸웃거렸다. 어디서 그런 자신감이 나오는지는 모르겠지만, 그녀는 자신의 가슴을 두 번 두들기며 자신만만한 표정으로 말했다.

"괜찮아! 나한테 맡겨! 내가 남작의 품성이고 뭐고 다 간파

해 주지!!"

확실히 아가씨는 머리도 좋고 눈치도 빠른 편이다. 하지만 문제는 다른 곳에 있다. 그녀는 자신의 꿈과 이상에 솔직하고 감정을 숨기는 것에 서툴다.

인간적으로 단점이라고 하기는 힘드나 지금부터 그들이 해야 할 일은 계략과 모략이었다. 솔직하고 순진한 인간에게는 무엇보다도 어려운 일일 터였다.

그러니 로렌과 레윈이 서로 눈을 마주치고 동시에 한숨을 내쉬는 것도 이상하지는 않았다.

"왜, 왜?!"

아가씨만 혼자 영문을 모른 채 울상을 지었다. 평민인 고아 소년이 자신을 보고 한숨을 내쉬었는데도 분노하거나 처형을 명령하지 않은 것만으로도 아가씨는 확실히 다른 귀족과는 달라도 너무 달랐다.

"방법이 하나 떠올랐어."

레윈이 갑작스럽게 말했다. 로렌이 그에게 시선을 돌렸다.

"그게 뭔데요?"

"사운델리에서는 나하고 아가씨가 변장했었지."

"그랬었죠."

"이제는 네가 변장할 차례야."

레윈은 짓궂은 웃음을 띠었다.

*　　　*　　　*

사흘을 걸어 로렌 일행은 그레고리 남작 저택 앞에 도착했다.

꽤 무거운 편이었던 아가씨의 짐 속에 뭐가 들었나 했더니, 지극히 귀족 아가씨다운 드레스와 장신구, 화장품이었다. 레윈은 익숙한 손놀림으로 아가씨의 치장을 도와주었다.

"이 정도면 남작의 경비병들이 아가씨의 알현을 막지는 못할 거야."

경비병들이 발레리에 가문의 인장을 알아볼 리 없으니, 귀족적으로 치장하는 것은 첫 번째 관문을 통과하기 위한 기본 조건이라고 할 수 있었다. 그렇게 치장을 마치고, 로렌 일행은 아가씨와 함께 저택 정문으로 향했다.

"문제는 마부부터지."

경비병에게 이름과 방문 목적을 밝히고 저택 정문을 통과한 후, 남작의 사유지를 마차로 지나야 한다.

"한 시간 정도 소요될 텐데, 그동안 들키면 안 돼."

"……."

로렌은 아무 대답도 하지 않았다.

"왜 대답이 없어?"

"꼭 이래야 할 필요가 있을까요?"

로렌의 되물음에, 레위은 픽 웃었다.

"꼭 이래야 할 필요는 없어. 하지만……."

"…알았어요."

로렌이 아가씨와 함께 그레고리 남작을 알현하는 방법이라고는 이것밖에 없다.

"후후후후."

아가씨가 유쾌하게 웃었다.

"귀여워, 로렌. 누가 봐도 여자애라고 믿을 거야."

아가씨의 말대로였다. 아직 12세에 불과한 로렌이 여장을 한다고 딱히 눈에 띄거나 이상하지 않았다. 그냥 여자애처럼 보였다. 물론 그 사실 자체가 로렌은 마음에 들지 않았다.

"널 여장시킬 거야."

레윈이 말한 '이제는 네가 변장할 차례야'라는 발언의 의미가 바로 이것이었다.

"코르셋을 고쳐주는 시녀 역할을 네가 맡아라."

"시녀요?!"

"그래. 숙녀의 코르셋은 한 시간마다 한 번씩 풀어줘야 해. 그리고 이 역할을 하는 시녀는 숙녀와의 동행이 어지간하면 허락되지."

입을 쩍 벌린 채 아무 말도 못 하는 로렌에게 레윈은 자비

심 없이 지령을 내렸다.

"그러니 네가 시녀로 변장해서 아가씨와 동행해서 그레고리 남작을 관찰하고 오면 돼. 이게 내 아이디어다. 더 좋은 아이디어가 있으면 꺼내놓아 보도록 해."

그런 대화가 오갔었다. 그리고 남작의 저택 바로 앞까지 왔음에도 로렌은 더 좋은 아이디어를 내놓는 데 실패했다. 그 대가를 로렌은 지금 톡톡히 치르고 있었다.

"뭐, 이 정도면 마부가 몇 시간을 네 옆에 앉든 네가 남자애라고 의심할 것 같지는 않군."

로렌의 치장을 마친 후, 레윈은 자신이 만든 작품이 맘에 드는 듯 고개를 끄덕였다.

로렌은 지금 전형적이고 평범한 시녀복에 비해 프릴과 리본이 많이 달린 장식적이고 귀여운 시녀용의 드레스를 입고 사뿐사뿐 걷고 있었다. 드레스의 소재도 그렇거니와 디자인도 많이 고급스러웠다.

시녀가 드레스를 입는 게 이상하지 않냐는 로렌의 질문에 아가씨는 무슨 이상한 소릴 하냐는 듯 대꾸했다.

"당연하지. 넌 평범한 시녀가 아니라 파티에 동행하는 최측근 시녀인걸? 보통은 시녀들 가운데 가장 아름답고 기품 있어 보이는 시녀들만 뽑힐 수 있는 자리야."

후훗, 하고 한 번 웃은 아가씨는 자랑스럽게 가슴을 펴며 이렇게 덧붙였다.

"물론 시녀가 숙녀보다 더 눈에 띄면 안 되기 때문에 보통 아가씨보다는 못나 보이도록 뽑는 경향이 있지만, 내 경우에는 그럴 필요가 어지간하면 없지!!"

"그 말을 딱히 부정하진 않겠다만, 다른 귀족 아가씨 앞에서 그런 소릴 하는 건 삼가해."

레윈이 옆에서 그렇게 일침을 놓자 아가씨는 입술을 한번 삐죽였지만 곧 '네' 하고 대답했다. 그 대답에 만족한 건지, 레윈의 시선은 이번에는 로렌 쪽을 향했다.

"귀족가에서 어떻게 행동해야 하는지는 알지? 하긴 넌 아직 어린 데다 대공의 소공녀가 측근으로 부리는 시녀니 다소 실수를 해도 관대하게 넘어가 주겠지만, 그래도 어느 정도는 조심하도록 해."

"…기왕 하는 거, 열심히 해보겠습니다."

로렌이 다소 자포자기하며 그렇게 말하자 아가씨가 깔깔대며 그를 끌어안았다.

"넌 잘해낼 거야, 로렌! 이렇게 귀여우니까!!"

아가씨의 그 말을 들으며 로렌은 이번 일이 끝나면 이번에야말로 반드시 근력 단련에 매진하리라고 단단히 마음먹었다.

* * *

로렌은 지금 아가씨와 함께 그레고리 남작의 앞에 서 있었다.

즉, 지금까지 그가 남자인 걸 알아본 사람이 없었다. 경비병은 물론이고, 한 시간 동안 같은 마차를 탔던 마부에, 남작의 시녀와 남작의 집사, 그리고 남작 본인까지도.

작전은 성공적이었지만, 로렌은 미묘하게 기분이 상해 있었다.

당연히도 그런 자신의 불쾌감을 이런 자리에서 드러낼 수는 없었기에 그는 입을 다물고 아가씨에게서 다섯 보 떨어진 뒤에서 시선을 땅에 떨어뜨린 채 기다리고 있었다.

시선을 떨어뜨리고 있었기는 하지만 그래도 남작의 얼굴을 한 번쯤은 볼 기회가 있었다. 그레고리 남작이 역사에 남긴 기록이라고는 라핀젤 발레리에 넬라에 관련된 기록과 그가 발레리에 대공과의 전투에서 패배해 목이 잘린 기록밖에 없었다.

남작의 종족은 인간이었고, 남성이었다. 의외로 젊어 20대 초반의 모습으로 보인다. 귀족적으로 꾸미고는 있지만 인상은 평범한 축에 속했다. 맛있는 거 잘 먹고 사는 귀족답지 않게 다소 초췌한 얼굴은 의외였으나, 물론 볕 아래서 일한 적이 없어 창백해 보일 정도로 하얀 피부는 그의 태생을 능히 짐작

케 했다.

"발레리에 대공 가문의 소공녀시라고?"

그레고리 남작이 아가씨에게 건 첫마디는 그것이었다.

"그것이 사실이라면, 제게 먼저 보여주실 것이 있지 않겠습니까?"

아가씨는 줄곧 가슴에 차고 있던 주머니를 열어 발레리에 가문의 인장을 그레고리 남작에게 보여주었다. 그것을 본 그레고리 남작의 초췌한 얼굴이 일그러졌다. 남작은 곧 자신의 표정을 수습하고, 아가씨를 향해 예의 바르게 고개를 숙여보였다.

"무례를 용서하십시오, 라핀젤 발레리에 넬라 전하."

"저는 아직 당신께 자기소개를 한 적이 없는데요, 그레고리 경."

아가씨가 말했다.

"제 이름을 어떻게 아셨죠?"

"그야 전 발레리에 가문에 관심이 많으니까요. 본래 엘프나부랭이였던 계집을 위대하신 발레리에 대공께서 수양딸로 맞아들였다는 건 잘 알고 있습니다."

"그렇다면 제가 굳이 발레리에 가문의 인장을 내보일 필요도 없었겠군요. 제 얼굴도 알고 계셨겠으니까 말이에요."

아가씨의 말에 그레고리 남작은 이상하다는 듯 잠깐 고개를 갸웃거렸다.

"실례합니다만 라핀젤 발레리에 넬라 전하."

"편하게 라핀젤이라고 부르셔도 되요."

아가씨의 대답을 들은 남작은 무례하게도 아가씨를 빤히 쳐다보았다.

"…이상하신 분이시로군요. 그럼 전하."

"왜 그러시죠?"

"방금 전에는 제 결례에 대해 화를 내시는 게 옳은 반응이 아니겠습니까? 제가 방금 전하를 엘프 나부랭이였던 계집이라 지칭한 것에 대해서 말입니다만."

"제가 엘프 나부랭이였던 계집인 것은 진실과 동떨어지지 않았는데, 어찌 화를 내겠습니까? 더욱 정확하게 말하자면 전 아직 엘프 나부랭이입니다만, 그거야 별로 중요하지도 않겠지요."

아가씨의 답을 들은 남작은 흠, 하고 또 한 번 고개를 갸웃거리더니 재차 입을 열어 이렇게 말했다.

"전하께오서는 아무래도 제가 생각했던 것과는 다른 분이신 것 같군요."

"어떻게 생각하셨는지?"

"현실은 모르고 이상만 짖어대는 개 같은 계집이라 생각했었습니다."

남작의 폭언에 이번에는 아가씨의 미간이 찌푸려졌다.

"아무리 저라도 개에 비유당하면 화를 낼 거예요."

"하기야, 개의 해방에는 관심이 없는 분이셨군요. 이거 큰 결례를 저질렀습니다. 죄송합니다, 전하. 부디 용서해 주십시오."

"용서하도록 하죠."

아가씨는 시원스럽게 말했다.

"말씀을 듣자하니 제가 어떤 용무로 남작께 얼굴을 비추게 되었는지 알고 계시는 것 같군요."

"알다마다요. 전하께오서 제게 그 명령을 내리지 못하게 만들기 위해 제 수하들이 그 주머니를 꽤 집요하게 노렸을 텐데요. 그들은 실패했던 모양이로군요."

어떻게 듣기엔 꽤 충격적인 발언이었을 텐데도 아가씨는 별로 동요의 빛을 보이지도 않았다.

"그렇다면 그레고리 남작, 미력하나마 발레리에 대공의 권한을 대행하는 자로서 명령하겠습니다. 남작 영지의 로어 엘프들을 해방시키고 자유민의 신분을 주십시오."

"……."

남작은 허리를 숙인 채, 오랫동안 고개를 들지 않고 침묵을 유지했다. 아가씨는 끈기 있게 남작의 대답을 기다렸다.

"기어이 저를 파멸로 이끄시는군요, 전하."

남작의 입에서 나온 말은 이러했다. 그리고 그의 팔이 전광석화처럼 움직였다. 로렌은 물론, 아가씨조차 반응하지 못했다.

다음 순간, 남작은 아가씨의 심장에 단검을 찔러 박고 있었다.

"당신 탓이야. 이 모든 게 당신 탓이라고."

로렌은 놀라 아가씨에게 달려갔다. 자신이 저질렀음에도 스스로의 행위에 충격을 받은 듯, 남작은 아가씨에게서 물러났다. 심장에 찔러 넣은 단검은 그대로 둔 채.

"로… 렌……."

로렌의 품에 안긴 아가씨가 그의 이름을 불렀다. 로렌은 그 부름에 대답하지 않았다. 박힌 단검을 가시라도 뽑듯 휙 뽑아내자 아가씨의 심장에서 피가 분수처럼 뿜어져 나왔다. 이대로 두면 몇 분 만에 쇼크로 죽게 되리라.

물론 로렌은 그녀가 죽게 내버려 둘 생각이 없었다. 치유의 힘이 그의 손에서 뿜어져 나왔다.

"마법?!"

남작이 놀라 외치는 소리가 들렸다. 그의 말이 맞았다. 로렌이 사용한 것은 회복 마법이었다. 아가씨의 심장에 난 상처는 순식간에 아물었다. 동시에 아가씨는 그대로 정신을 잃었다.

마력을 다섯 배 더 소모하면서 즉시 시전을 한 보람이 있었다. 아가씨가 입은 상처는 치명상이었기에, 몇 초만 더 지체되었더라도 지금 로렌이 사용할 수 있는 조악한 회복 마법으로는 아가씨를 살릴 수 없었으리라.

로렌은 남작을 향해 손가락을 겨누었다.

"움직이지 마십시오, 남작님. 허튼수작을 부리다간 이번에는 당신의 심장이 꿰뚫릴 테니."

허세였다. 마법이라는 건 즉시 시전하는 것도 힘들지만, 연이어 시전하는 것도 힘들다. 그리고 지금의 로렌 수준으로 마법의 연사는 불가능했다.

안 그래도 회복 마법을 즉시 시전으로 바꿔서까지 하느라 갖고 있던 마력의 절반이나 날려먹은 상태였다. 솔직히 말해서 상황은 그다지 좋은 편이라 하기 힘들었다.

"하, 시녀 주제에……. 아니, 단순한 시녀는 아닌 모양이로군. 마법사 시녀? 그렇게 어린데? 말이 안 되잖아?"

"말이 되고 안 되고가 중요한 게 아니잖습니까?"

끓어오르는 분노를 가라앉히려 애쓰며 로렌은 혼란스러워하는 남작을 노려보았다.

"그냥 눈앞의 사실만을 받아들이시지요. 저는 마법사고, 당신이 치명상을 입혔던 라핀젤 발레리에 넬라 전하를 살려내었습니다. 그리고 또 다른 사실을 하나 더 짚자면 당신은 대공

폐하께 반역죄를 저질렀습니다."

"하, 하하하! 어린 마녀여, 잘도 지껄이는구나. 네가 뭘 알겠나?"

남작은 실성한 사람처럼 웃었다.

"나는 이미 죽은 목숨이야. 지금 와서 반역죄든 뭐든, 무슨 상관인가?"

"그게 무슨 말씀이죠?"

"네가 이해할 수 있겠나? 하기야, 누군들 상관없지. 내 하소연을 듣겠나?"

"…당신의 하이어드들이 당신의 목숨 줄을 쥐고 있기라도 한 겁니까?"

로렌의 되물음에 남작의 동공이 크게 벌어졌다.

"놀랍군, 어린 마녀여. 너는 마법뿐만이 아니라 지혜조차도 가진 모양이로군. 그래, 맞았어. 만약 대공의 인장을 지닌 저 엘프 어린것의 말을 들으면 난 내 영지의 하이어드들에게 살해당하고 말거야. 하지만 로어 엘프를 해방하지 않으면 대공의 손에 죽게 되겠지!"

남작의 시선이 죽음을 간신히 면한 채 정신을 잃은 아가씨를 향했다. 그 시선에는 서릿발 같은 증오와 살의가 깃들어져 있었다.

"저 어린것이 내게 파멸을 가져다주었네! 그렇다면 내게도 최소한도의 저항을 할 기회는 주어져야 마땅하지 않겠나?"

남작의 표정에 점점 광기가 더해졌다.

"알고는 있네! 대공 폐하께서는 저 어린것이 죽든 말든 별 관심도 없겠지! 대공이 저것을 내게 보낸 건 저것과 나를 동시에 파멸시키기 위함이니!!"

남작은 자신의 심장을 두들겨 대었다.

"그래도 대공의 것을 손톱 끝이나마 상처 낼 수 있다면, 난 그것으로 만족할 거야! 왜냐하면 지금의 내게 가능한 것은 그 정도뿐이니 말이야!!"

"아뇨, 그것조차 불가능했죠."

로렌은 한숨을 내쉬었다.

"제가 있으니까요."

"…그 말대로군."

남작은 로렌의 말에 분노하기는커녕 양어깨를 축 늘어뜨리며 자조하듯 대꾸했다.

"아무것도 내 마음대로 돌아가질 않는군! 나는 왜 남작가에 태어난 거지? 불행하디 불행하도다! 뒤틀려 버린 운명이여!!"

그는 한탄했다.

"이해하기 힘들군요. 남작 작위를 가진 분이 그런 말씀을 하시다니."

"후… 후후훗, 이해하기 힘드나? 그럴 만도 하지."

로렌의 말에 남작은 자조적으로 웃었다.

"이 그레고리 남작 가문은 이미 모든 실권을 잃은 지 오래일세. 사람 좋은 조부께서 모든 군권과 영지를 하이어드들에게 분배했기 때문이지. 이 그레고리 남작이 직접 지배하는 영토라고는 이 저택 주변의 사유지가 고작일세."

남작의 말에 로렌은 할 말을 잃었다. 고작 남작인 주제에, 코딱지만 한 남작령을 휘하의 하이어드들에게 또 분봉하다니. 제정신으로 할 짓은 아니었다.

"남작가에 대한 하이어드들의 충성이 지속하는 한은 괜찮은 조처였을지 모르나, 내 대에 이르러서는 남작이란 그저 허수아비에 불과한 존재가 되어버렸지. 이 방치된 저택의 방에 눌러앉아 서류 조각을 깨작대는 것 외에 내가 할 수 있는 일은 없네."

그 시점에서 로렌은 다시 마법을 사용할 수 있게 되었다. 이제 더 이상 시간을 질질 끌 필요는 없었다. 이 남작 놈의 심장을 마법 화살로 꿰뚫어 버릴 때가 드디어 된 것이다!

그러나 로렌은 망설였다. 과연 남작을 여기서 죽여 버리는 게 올바른 판단일까? 그렇지 않았다. 로렌 혼자서 남작의 경비병을 상대할 수는 없었다. 레윈은 별채에 따로 마련된 대기실에 있었다. 레윈과 힘을 합친다고 하더라도 아가씨를 데리고 저택을 탈출할 수 있을까?

로렌은 자신의 목숨뿐만 아니라 아가씨의 목숨도 건사해야 했다. 그래서 그는 간신히 끓어오른 분노를 꾹 눌러 삼켰다.

"말하자면 나는 남작령이라는 체제를 유지하기 위한 일종의 장식품이야. 내가 죽어버리고 발레리에 대공이 새로운 귀족에게 남작위를 승계시키면 전처럼 자기들 멋대로 할 수 없을 테니, 나라는 허수아비가 필요해지는 거지. 내가 살아 있는 이유는 오로지 그것 때문일세."

남작은 하소연할 상대가 어지간히도 없었는지, 아직도 떠들고 있었다.

"그런데 내가, 허수아비에 불과한 내가 그들에게 명령을 내리면 어떻게 될까? 그것도 죽기보다 더 싫은 명령을! 저 하이어드들은 날 죽이고 다른 귀족을 세우길 택할 걸세!"

"…잘 알았습니다."

그 대답을 한 것은 로렌이 아니었다. 라핀젤 발레리에 넬라, 대공의 소공녀였다. 로렌이 바로 달려가 그녀를 부축했다.

"정신이 드셨습니까?"

"그래, 로렌. 네가 날 살려줬구나. 빚이 늘었는데?"

죽을 뻔했음에도 불구하고 아가씨는 속 편하게 웃으며 로렌에게 그렇게 말했다.

"그런 말씀은 나중에 하십시오. 그보다 어떻게 하시겠습니까?”

“뭘?”

“아가씨를 죽이려고 한 저 폭한 말입니다.”

로렌의 시선이 남작에게 가자, 남작은 움찔 놀라 뒷걸음질 쳤다. 도저히 귀족이 시녀 상대로 할 작태는 아니었다.

“그야 아팠으니까 화는 나네? 하지만 로렌, 네가 남작을 아직 안 죽였다는 건 그럴 필요가 있어서겠지? 그렇다면 나는 일단 내 분노를 삭혀두도록 하겠어.”

아가씨의 말을 들은 그는 어처구니가 없어서 불경하게도 아가씨를 쏘아보고 말았다.

“…대체 절 뭘로 보시는 겁니까?”

“대단히 유능한 내 최측근 시녀.”

아가씨는 로렌의 부축을 받아서 일어섰다.

“말해봐, 로렌. 저 남작의 이용 가치에 대해서.”

“…알겠습니다, 아가씨.”

자신에 대한 아가씨의 과대평가는 차치하고서라도, 로렌은 제멋대로 떠오른 시나리오를 한번 읊어보기로 했다.

*　　　*　　　*

“지금부터 제가 말씀드릴 책략은 사기와 협잡에 가까운 것입니다."

로렌은 그렇게 운을 뗐었다.

"괜찮으시겠습니까?"

"나는 내 꿈을 위해 목숨도 걸었다고 말했어. 그런데 이제 와서 정당한 방법 따윌 논하고 있을 수는 없지."

아가씨는 그렇게 대답했다. 마음에 드는 대답이었다.

"알겠습니다. 그렇다면 말씀드리겠습니다."

로렌의 시선이 그레고리 남작을 향했다.

"이 그레고리 남작이라는 남자의 이용 가치에 대해서."

그레고리 남작이 마른침을 삼키는 것이 보였다. 정말로 로렌의 입에 자신의 처우가 걸려 있다고 믿는 모양이었다. 이게 전부 다 허세라는 것조차 모르는 채.

다소 직선적이지만 아가씨도 머리가 나쁜 인물은 아니다. 남작을 대놓고 적대하고 이 저택에서 살아나가기 힘들다는 건 그녀도 파악한 후이리라.

이제는 로렌도 아가씨의 의도를 이해할 수 있다. 아가씨는 로렌에게 발언권을 주기 위해서 일부러 그를 과대하게 포장하고 높인 것이다.

그러니 로렌도 세 치 혀를 놀려서 아가씨의 기대에 응답해야 했다.

"먼저 아가씨께서는 방금 전에 남작에게 내렸던 명령을 일단 취소해야 합니다.”

“왜지? 로렌.”

“방금 남작에게 들었듯 그것은 남작의 파멸로 이어지기 때문입니다.”

“알았어, 취소할게.”

아가씨는 후식으로 먹을 음료의 종류를 바꾸기라도 하듯 가벼운 말투로 말했다. 그러자 그레고리 남작의 입에서 헉, 하는 숨소리가 들렸다. 그의 입장도 이해는 간다. 목 앞까지 드리워졌던 칼날이 치워진 기분이리라.

로렌은 속으로 안도의 한숨을 내쉬었다. 만약 아가씨가 여기서 거부했더라면 남작이 어떤 반응을 보일지 알 수 없었다. 자포자기해서 또다시 칼을 휘둘러대는 사태만은 피해야 했다. 그걸 위해서는 남작에게 우선 희망을 줘야 했다.

희망이야말로 최고의 진통제니까.

‘다소 마약성이긴 하지만.’

로렌은 자조적으로 생각했다. 애초에 그가 전생 회귀의 주문을 외운 이유가 실낱같은 희망 때문이었으니, 다른 사람을 비웃을 처지가 못 됐다.

하기야 그 희망도 지금 이 상황을 잘 타개해야 이어나갈 수 있다. 로렌은 다시 집중했다.

“아가씨께서도 들으셨다고 생각합니다만, 지금의 남작에게 로어 엘프를 해방시킬 권위가 없습니다. 그러니 로어 엘프를 해방시키기 위해서는 명령이 아닌 다른 방법을 사용해야 합니다."

"명령이 아닌 다른 방법?"

"설득이죠."

아가씨의 질문에 대한 로렌의 답을 들은 남작이 웃었다. 그 웃음소리가 허망하게 들렸다.

"귀족인 내게 하이어드들을 설득하라 말하는가!"

이 남작은 아직 정신을 덜 차린 모양이었다. 로렌은 차가운 시선으로 남작을 쏘아보았다.

"죽는 거보다야 낫지 않겠습니까?"

로렌의 대꾸에 남작은 입을 꾹 다물었다. 조용해지니 좋았다.

"그리고 설득하는 건 당신이 아닙니다, 남작님."

"그럼 나야?"

"아뇨, 실적입니다."

아가씨의 대답에 고개를 저으며 로렌은 그렇게 말했다.

"먼저 남작께 로어 엘프 노예 몇 명을 사들이길 추천하겠습니다."

"내겐 그럴 만한 돈이 없네."

"그럴 줄 알았습니다."

로렌의 신랄한 대꾸에 남작의 표정이 다소 날카로워졌다. 그러나 로렌은 상관하지 않고 계속해서 말했다.

"그 돈을 지금부터 만들 겁니다."

6장
사기와 협잡

"뭐? 그, 그게 가능한가?"

남작이 비치고 있던 로렌에 대한 적대감이 한순간에 무너져 내렸다. 아무래도 남작은 돈에 꽤 궁해 있었던 것 같았다.

"정상적인 방법으로는 불가능하지만, 사기와 협잡을 쓰면 가능하죠."

"가능하다고?!"

사기와 협잡이라는 단어는 신경도 쓰지 않은 채, 남작은 놀라 외쳤다.

"남작께서는 아직 미혼이시죠? 후계도 없으시고."

"그렇네만."

"그 후계를 하이어드들 가운데서 뽑겠다고 공언하시죠."

"뭐라고?! 그건 불가능해!"

남작의 어이없어 하는 반응은 신경 쓰지 않고, 로렌은 계속해서 말했다.

"불가능할 이유가 없습니다. 있다면 대보시죠."

"그건… 다른 귀족들이 반대할 거야."

"그 건에 대해서는 걱정하실 필요가 없습니다."

로렌의 시선이 아가씨를 향했다.

"여기에 발레리에 대공의 인장을 지닌 라핀젤 발레리에 넬라 전하께서 납시었으니까요. 대공 폐하께서 직접 오신다면 모를까, 다른 귀족들이 감히 반대를 표명할 수는 없을 겁니다."

"그럼… 하아……."

남작은 로렌의 아이디어를 거부할 다른 이유를 찾다가 영 안 되겠는지 고개를 내저었다.

"그래. 그렇지, 참. 나는 머리가 그리 좋은 편이 아니었어. 다른 이유를 찾지 못하겠어. 혈통에 어울리지 않는 자가 남작 가문을 이어서는 안 된다는 말 따위는 네게 통하지 않겠지."

그러나 남작의 대답을 들은 로렌의 생각은 달랐다.

첫인상이 워낙 최악이라 다소 부정적인 평가를 내렸지만 이 남작은 꽤 눈치도 빠른 편이고, 생각도 할 줄 아는 편이다.

적어도 로렌 하트가 대마법사 시절에 만났던 귀족들에 비하자면 상당히 괜찮은 수준이라고 평할 수 있었다.

'안 좋군. 어중간하게 유능한 게 가장 안 좋은데.'

어차피 무력하게 희생당할 운명이었던 남작이다. 그래서 애초에 로렌은 이 그레고리 남작을 적당히 이용해 먹다 쓰고 버릴 생각이었다. 그런 의미에서는 그레고리 남작이 멍청할수록 그에게 유리했다. 그런데 은근히 말귀도 알아듣고 생각 외로 사고방식도 유연하다.

'방심하지 않는 편이 좋겠군.'

로렌은 남작에 대한 평가를 두 단계 정도 상향하고, 경계심을 높였다.

"…그럼 설명을 계속하겠습니다. 남작께서는 누굴 후계로 정할지 직접 정해서는 안 됩니다. 그랬다가는 반대파에서 암살자들이 파견될 테니까요."

"그도 그렇겠군."

남작은 고개를 끄덕였다.

"그러니 후계를 투표로 뽑겠다고 공언하십시오."

"투표로?"

투표라는 개념 자체는 이 시대에 있다. 하지만 남작가의 후계를 투표로 뽑는다는 이야기는 남작도 처음 들을 것이다. 그 증거로 그는 눈을 휘둥그레 뜨고 있다. 하지만 로렌은 공세를 늦출 생각 따윈 하지 않았다.

"그렇습니다. 하지만 아무나 후보로 나설 수 있어서야 남작가에 위신이 서질 않겠죠. 그러니 일정 금액 이상의 재산을 가진 자들만 후보로 나설 수 있도록 하십시오."

"하지만 난 내 휘하의 하이어드들이 얼마나 재산을 갖고 있는지 전혀 모르는데?"

"아주 좋군요."

로렌은 미소 지었다.

"나는 자네들에게 얼마나 재산이 있는지 정확히 모르니, 남작의 후계 후보가 되고 싶으면 자네들의 부를 증명하라… 고 말씀하시면 됩니다."

"부를… 증명?"

"돈 내라는 뜻입니다."

로렌은 어깨를 으쓱거려 보였다.

"모금액이 가장 많은 하이어드 셋만을 후보로 등록시키겠다고 하시면 됩니다. 그럼 아무런 분란이 없을 겁니다. 그리고 투표권을 가진 사람들도 아무나 받을 수는 없죠. 모금액 100위까지만 투표권을 주겠다고 하면 되겠군요. 아니, 90위로 해야겠네요. 남작님께도 투표권이 필요하실 테니. 남작님의 후계를 정하는 투표니 당연히 10표 정도는 가지셔야죠."

"하, 하지만."

명백히 당황한 목소리로, 남작은 뭔가 반박하려고 했다. 하지만 반박의 말은 떠오르지 않는지 남작의 말은 이어지지 않았다.

"그렇게 모금된 돈은 모조리 남작님의 것입니다."

남작은 멍하니 로렌을 바라보았다. 그런 남작에게 로렌은 빙긋 웃어보였다.

"예언하죠. 엄청난 거액이 모일 겁니다."

*　　　*　　　*

귀족 작위를 돈 받고 판다는 발상을 누가 가장 먼저 했는지 로렌은 모른다. 그러나 돈이 없는 몰락 귀족과 명예를 바라는 벼락부자 사이의 이해가 일치하는 순간은 언젠가는 반드시 온다.

암암리에 매매되고 있던 작위가 대놓고 거래되기까지는 그리 오랜 시간을 필요로 하지 않는다. 로렌이 대마법사였을 시절에 쓰고 있던 하트라는 성도 어디 몰락해 버린 자작 가문에서 헐값 주고 사온 것이었다.

앞으로 불과 수십 년 후에 찾아올 미래였다.

미래에는 헐값이 될 작위도 지금은 아직 희소가치가 있다. 그리고 이걸 가장 비싸게 파는 방법으로는 역시 경매이리라.

여기서 로렌의 발상이 시작되었다.

역시 아직까지는 작위를 돈으로 사고판다는 것에 거부감이 있을 사람들을 위해 원 쿠션을 둔다. 즉, 매매하는 것은 작위 그 자체가 아니라 후계권이다.

이건 남작 본인을 위한 것이기도 하다. 남작 본인은 후계권을 판다고 작위를 당장 잃지는 않으니까, 당장 보기엔 일단 손해 보는 게 없다.

그런데 돈 주고 귀족 작위를 샀다는 소릴 듣는 건 로렌 하트도 겪은 일이지만 별로 떳떳하지는 않다. 그러므로 투표라는 개념을 도입한다. 투표로 당선됐다는 건 누군가의 지지를 얻어 그 자리에 올랐다는 것이고, 이건 꽤 괜찮은 명예다.

대신 입후보할 권한을 돈 받고 판다. 당연하다. 세상에 공짜가 어디 있겠는가?

마지막으로 그 투표권도 돈을 받고 팔 수 있다. 이건 김진우가 지구에 있을 때 배운 방법이다. 정계가 아닌 아이돌 업계에서 배운 거지만 출처가 어디든 무슨 상관이랴.

로렌의 발상은 이렇게 완성되었다.

작위라는 트로피 하나를 입후보권과 투표권으로 쪼개서 그것도 경매로 판다. 구조를 눈치챈 사람이라면 쌍욕을 하고도 남겠지만 설령 그렇더라도 이게 장사가 안 될 리가 없음을 로렌은 너무나도 잘 알고 있었다.

'나도 당해봤으니까. 무서운 자본주의…….'

아직까지는 돈 주고도 살 수 없는 걸, 잘 하면 돈으로 얻을 수도 있다. 그것만으로 사람들은 입으로는 욕하면서도 순순히 돈을 낼 것을 로렌은 이미 경험으로 깨닫고 있었다.

"과연. 알겠어. 남작의 작위를 돈 받고 팔자는 거로군?"

아가씨가 핵심을 꿰뚫은 발언을 했다. 이걸 들키지 않기 위해 돌리고 돌려 말했는데도 단번에 핵심을 푹 찌르는 걸 보니 역시 만만한 아가씨는 아니었다.

"하지만 로렌, 남작 작위가 정말로 그렇게 큰돈이 될까?"

그러나 아가씨에게도 한계는 있었다. 대공의 소공녀라는 한계가.

제아무리 시대정신을 가졌다 한들, 배부른 자는 굶주린 자를 절대로 이해하지 못한다.

아니, 오히려 아가씨의 경우는 남작 작위뿐만 아니라 귀족 작위에 그만한 가치가 있다고 생각하지 않을 가능성 쪽이 높았다.

"될 겁니다."

로렌이 단호히 대답했다. 그러자 아가씨도 고개를 끄덕였다.

"알겠어. 네가 그렇다면 그런 거겠지."

그리고 그레고리 남작은 대공의 소공녀가 그렇게 전폭적인 지지를 하는 시녀의 말을 들을 수밖에 없었다.

*　　　*　　　*

로렌이 김진우였을 때, 그는 고등학교에서 선택 과목으로 세계사를 골랐다.

세계사를 고른 이유는 단순히 암기 과목이라는 것 때문이기도 했지만, 그것 때문만은 아니었다. 다른 선택 과목도 크게 보면 다 암기 과목이기도 했으니 이유로 적합하지는 않았다.

그가 생각하기에 세계사는 자신과 가장 관련 없는 과목이라고 생각했기 때문이었다.

그런데 로렌으로 다시 돌아온 지금, 세계사는 오히려 그와 가장 밀접한 지식을 다루는 과목이 되어버리고 말았다.

'뭐, 당시에는 전생의 기억 따윈 떠올리지도 못했으니.'

김진우가 로렌 하트로서의 기억과 자아에 눈 뜨는 건 그가 성인이 된 이후의 일이었다.

그거야 뭐, 어쨌든.

남작령은 지금 세계사의 로마 멸망 후 이탈리아와 비슷한 상태였다.

콘스탄티노플만을 실질 영역으로 남겨둔 비잔틴이 아직 가쁜 숨을 내쉬고 있다고는 하지만 이탈리아에는 실질적인 영향력을 미치지 못하고 있었고, 이탈리아는 각 도시에서 가장 돈이 많은 가문이 모든 것을 좌지우지하는 그런 시대.

여기에서 콘스탄티노플의 동로마 황제가 그레고리 남작이라고 생각하면 편하다. 그리고 실권을 잡은 상인 가문들 역할은 하이어드 엘프들이 맡았다.

물론 여기가 진짜 중세 시대 이탈리아인 건 아니니 세부적인 사항은 많이 다르다. 그러나 이미 로렌은 자신이 뭘 어떻게 해야 할지에 대한 대략적인 감은 잡은 상태였다.

그래서 로렌과 라핀젤 일행은 이대로 남작의 저택에 머물기로 했다. 작전을 진행시키기 위해 가장 좋은 장소가 남작의 저택이었기 때문이었다.

물론 그 이전에 남작에게서 아가씨를 찌른 행위에 대한 사죄가 있었던 건 당연했다.

"용서하죠."

아가씨는 가벼우리만치 간단하게 남작을 용서했다. 로렌은 자신이었다면 그렇게 쉽게 용서하지는 못했을 것이라고 생각했다.

"단, 명령과는 별개로 저한테 빚 하나 졌다고 생각해 주세요, 그레고리 경."

"그거야 여부가 있겠습니까. 뭐든 말씀해 주십시오."

남작은 그들을 위해 별채를 통째로 내어주었다. 물론 이것으로 '빚'을 갚은 게 되지는 않고, 남작도 그렇게 생각하지는 않았다. 이건 대공의 소공녀를 맞이하는 남작의 상식적인 수준의 배려였다.

남작은 사용인들도 내어주려고 했지만, 아가씨는 모두 거절하고 요리사 한 명만 받았다. 아가씨가 검소해서가 아니라, 사용인들을 통해 남작에게 쓸데없는 정보를 넘겨주지 않기 위해서였다.

"하지만 로렌, 괜찮겠어?"

아가씨는 두건을 머리에 쓴 채 그렇게 물었다. 그녀는 지금 별채의 방을 청소하고 있었다. 사용인이라고는 요리사밖에 받지 않았으니, 청소를 스스로 해야 하는 건 당연했다. 그리고 아가씨는 그 스스로에 당연한 것처럼 자신을 포함시켰다.

"뭐가요?"

로렌도 테이블을 마른걸레로 닦아내면서 되물었다. 일을 하면서 귀족의 말을 받는 건 무례한 행위였지만, 아가씨는 신경 쓰지 않았다. 아니, 자기 말을 받을 때마다 정자세를 취하면 화를 낸다. 그러니 그냥 청소나 계속하는 게 나았다.

"역사의 변수가 더 많이 늘어날 텐데."

원래는 발레리에 대공에게 죽어야 하는 남작을 연명시킴으로써 역사는 어쩌면 로렌이 알고 있는 것보다 더 궤도에서 이탈할지도 모른다. 아가씨는 그렇게 지적하고 있었다.

"아가씨를 살린 채로 아가씨의 꿈을 이룬다는 것이 궁극적인 목적이니까요. 어느 정도는 감수해야죠."

로렌은 싱긋 웃으며 대답했다. 꽤 여유 있어 보이는 로렌의 답을 들은 아가씨는 잠깐 생각에 잠겼다가 다시 입을 열어 이렇게 말했다.

"그런데 이번 일이 내 꿈과 연결이 되긴 되는 거야? 남작을 부자로 만들고, 남작의 돈으로 로어 엘프들을 사들이는 게."

그 이야기는 아직 한 적이 없었다. 이 별채를 남작에게서 받아서 로렌 일행끼리만 있을 기회가 없었기 때문이었다. 사실은 가장 먼저 해야 하는 이야기이기도 했다.

"네. 다소 인내심을 요하는 작업입니다만 확실히 연결이 됩니다."

"괜찮다면 설명해 줄 수 있겠어?"

아가씨에게 자신의 의도를 숨길 마음은 처음부터 없었기에 로렌은 설명을 시작했다.

"우선 저에게는 남작의 돈으로 사들인 로어 엘프들을 그냥 풀어줄 생각 같은 건 없습니다."

"흐음?"

"그들은 자유민이 아니라 저희 고용인이 될 겁니다. 더 정확히는 제자가 되겠지요."

"설마, 로렌."

옆에서 듣고 있던 레윈이 어이없는 듯 로렌을 바라보았다.

그는 먼지떨이를 칼처럼 쥐고 있었다.

"그들에게 마법을 가르칠 생각이야?"

"정확합니다, 레윈 씨."

로렌은 아무렇지도 않게 대답했다. 그러자 레윈이 표정을 굳혔다.

"그건 금기야."

"네, 금기죠. 사실 저도 그다지 깨고 싶지는 않은 금기입니다만."

"금기라니?"

로렌과 레윈의 대화를 듣던 아가씨가 끼어들어 물었다.

"마법은 비전이라 아무에게나 전수해서는 안 됩니다. 기본적으로는 혈족에게만 전수하고, 후계자가 없는 경우에만 제자를 둘 수 있지요."

로렌이 설명했다.

"그 금기를 깨면 어떤 일이 일어나는데?"

아가씨가 흥미로워하며 질문을 던졌다. 그 호기심과 기대감으로 반짝이는 눈동자에 이런 재미없는 대답을 되돌리는 것을 안타까워하며 로렌은 대답했다.

"아무 일도 일어나지 않습니다."

"엥?"

아가씨는 맥이 빠진 듯 로렌을 바라보았다.

"그냥 더 많은 사람들이 마법을 사용할 수 있게 되는 부작용 정도만 있겠네요."

"그게 왜 부작용이야?"

"사람들은 흔한 걸 가치 없다고 여기는 경향이 있으니까요. 반대로 말하자면 희소한 만큼 귀해질 테니 마법사들은 자신들이 희귀하길 원했습니다."

로렌은 다소 자조적으로 말했다.

"애초에 이 금기가 만들어진 이유 자체가 마법이라는 힘을 자신의 일족에게만 세습시키기 위한 조처였습니다. 마법사의 가치를 올리기 위한 로어 엘프들의 잔꾀였죠. 뭐, 원래 마법의 주인이 아닌 하이어드들에게도 마법이 흘러들어 간 걸 보면 아시겠지만, 사실 잘 지켜진 규칙도 아니었습니다."

"아항."

아가씨의 시선이 하이어드인 레윈을 향했다. 생각지도 못하게 자신에게 화살이 돌아오자 레윈은 안절부절못했다.

"…어쨌든 로어 엘프들을 사들여서 그들에게 마법을 가르치고, 로어 엘프가 얼마나 가치 있는 종족인지 세상에 제대로 보여줄 생각입니다."

"그런 걸 하면 역사가 더 많이 뒤틀리지 않아?"

"아뇨, 이건 역사의 흐름대로입니다."

로렌은 자신만만하게 말했다.

"아가씨의 희생 덕에 해방된 로어 엘프들 가운데 마법사가 많이 생기고, 그 덕에 로어 엘프의 가치가 많이 오르죠. 본래 발레리에 대공의 영향권 안에서만 해방되었던 로어 엘프 해방이 세계적으로 퍼져 나간 계기가 바로 그것이었습니다."

"헤에……!"

아직 희생당하지 않은 아가씨가 눈동자를 빛냈다. 그런 아가씨에게 로렌은 자신의 가슴을 두들기며 자랑스레 말했다.

"제가 바로 그 해방된 로어 엘프들의 정점에 섰던 대마법사였으니까요. 제 존재도 중요한 계기가 됐죠."

지금은 아니지만. 로렌은 굳이 그렇게 덧붙이지는 않았다.

"대륙에서 가장 위대한 마법사가 로어 엘프 출신이었으니, 다른 지역의 권력자들이 어떤 판단을 내렸을지는 빤하지 않습니까?"

휘하에 유능한 마법사를 하나라도 더 둘 수 있다면 불가촉천민 같은 소리는 접어두고 볼 수 있는 게 권력자들의 판단이었다.

"그래, 알았어."

로렌의 설명을 이해한 아가씨는 만족스러운 듯 고개를 끄덕였다.

"잘됐으면 좋겠네."

사실 로렌의 계획은 이게 전부인 건 아니었지만, 변수가 워낙 많았기 때문에 지금 다 설명할 수는 없었다. 일단 로렌이 해야 할 일은 관찰이었다. 남작과 남작령에 대해 로렌은 사실 기록과 피상적인 인상으로밖에 파악하고 있지 못했다.

이래도 계획이 잘 진행될 것이냐에 대한 질문에 대해서는 로렌은 간결하게 대답할 수 있었다.

"잘되어야 하지요."

그리고 이렇게 덧붙였다.

"잘될 거구요."

*　　　*　　　*

로렌의 말대로 금방 잘되지는 않았다. 첫 한 달 간은 남작은 우울증에라도 걸린 듯 고개를 숙이고 다녔다. 모금액이 좀처럼 모이지 않았던 탓이었다.

"역시 남작의 후계권 따위는 아무도 원하지 않는다니까."

그런 약한 소릴 자신의 고용인도 아닌 로렌에게 할 정도니 말 다했다.

"기다리십시오, 남작님. 인내심을 발휘하십시오."

"근거는? 기다리면 잘될 거라는 근거는 있나?"

"있습니다."

로렌은 남작을 달래듯 말했다.

"먼저 아직 소문이 덜 퍼졌습니다."

작위의 후계권을 돈 주고 판다는 걸 공고로 낼 수는 없다. 그러니 로렌은 남작에게 이렇게 진언했다. 남작에게 찾아오는 하이어드들을 위주로, 어디까지나 개인사를 털어놓듯이 이야기를 하라고. 그리고 남작은 로렌의 그 진언에 따랐다.

"하지만 내게서 이야기를 들은 하이어드들조차 반응이 없다는 건……."

"남작의 하이어드는 주로 상업에 종사하죠?"

"으, 응? 그래, 맞아. 내 선조에게서 받은 광산 채굴권이나 벌채 권한으로 일꾼들을 부려 돈을 버는 부류도 있고, 마을의 보호권을 받아 경비대를 굴려서 돈을 뜯어내는 부류도 있지."

남작의 말을 듣자마자 로렌은 자신의 고향 마을을 떠올렸다. 자신에게서 직접 돈을 뜯어내던 티슨은 물론이고, 거기 경비대장이 악착같이 돈을 끌어 모은 이유도, 그 위의 하이어드들에게 상납금을 채워 넣기 때문이었으리라.

"그렇게 뜯어낸 돈을 보부상들을 돌려서 굴리는 놈들도 있고, 용병대를 꾸려다가 파는 놈들도 있어. 그런데 그건 왜?"

"남작님도 아시잖습니까? 상인이란 부류는 끝까지 주판을 튕기는 법입니다."

"그렇지. 나쁜 놈들이야."

갑자기 거기서 왜 나쁜 놈들이라는 말이 나왔는지 로렌은 군이 묻지 않았다. 돈 좀 빌려보려다 실패하기라도 했던 거겠지. 그렇게 상상하고 치워 버려도 곤란할 게 없었다.

"그러니 끝까지 기다리십시오. 그놈들도 자기들끼리 갖은 기만과 협잡을 일삼으며 어떻게든 상대의 모금액을 알아낸 뒤, 거기다가 딱 한 푼 얹을 속셈으로 기다리고 있을 테니."

"그렇겠군."

그제야 남작은 인내심을 좀 가져보기로 한 모양이었다.

그렇게 한 달이 또 지났다.

"로렌, 로렌!"

남작이 로렌을 급하게 불렀다.

"아랫것의 이름을 부르는 귀족이 어디 있습니까?"

보통 귀족들은 하인들의 이름을 기억하지 않는다. 그러니 부를 수도 없다. 그런 걸로 되어 있었다. 그게 관례였다. 하지만 남작은 아무렇지도 않은 듯 되물었다.

"그대 주인님도 그대를 이름으로 부르지 않는가?"

그대라니. 로렌은 손톱을 세워 닭살이 돋은 자신의 팔을 마구 긁어대고 싶었지만 그 충동을 간신히 참아내었다. 참고로 로렌은 지금 평범한 소녀의 모습을 하고 있었다. 시녀로 분장한 건 애초에 남작의 저택에 온 첫날뿐이었다.

"그야 그건 제 주인님이 특이한 거고요."

"대공의 소공녀께서 그리 부르시는데 나도 그대를 높여 부를 이유가 있지."

이름을 부르는 게 높여 부르는 거라니. 하기야 귀족이 인시상 그게 맞긴 하다. 로렌은 더 이상 태클 걸 마음도 들지 않아서 이쯤해서 그냥 화제를 전환하기로 했다.

"무슨 좋은 일이라도 있었습니까? 꽤나 기분이 좋아보이시는데."

"모금액이 들어왔네!"

사실 그건 로렌도 이미 알고 있었다. 하지만 로렌은 짐짓 모르는 체하며 이야기를 이었다.

"그렇게 기분이 좋으신 걸 보니 꽤 고액이 들어온 모양이로군요?"

"그렇다마다!"

그렇게 말하고는 주변을 두리번거리더니 남작은 로렌의 귀에다 대고 금액을 속삭였다.

"어때, 많지?"

그러고선 자랑스러운 듯이 씨익 웃었다. 로렌은 그런 그를 한 대 확 패주고 싶은 충동을 참아내느라 무진 애를 써야 했다.

"로어 엘프 한 명 정도는 살 수 있겠군요."

"그래, 그 정도의 거금이야!"

로렌은 피식 웃지 않기 위해 애썼다.

"앞으로 마음을 단단히 먹어두셔야겠군요."

"엉? 갑자기 왜 그래?"

"아직 모금 기간이 한 달이나 남아 있지 않습니까?"

"그렇지. 그런데 그건 왜?"

이쯤 되니 그냥 귀엽다는 생각마저 들었다. 로렌은 그런 생각을 하고 만 자신의 목을 스스로 날려 버리고 싶다는 생각을 접어두면서 다시 한 번 말했다.

"마음을 단단히 먹어두십시오."

*　　　*　　　*

사운델리의 어느 주점. 안쪽에 따로 마련된 룸에 세 명의 하이어드가 앉아 있었다.

"소식 들었나?"

회색 머리칼의 하이어드가 가장 먼저 입을 열었다.

"어떤 소식 말인가? 필란. 자네가 하는 말은 항상 모호해서 두 번 물어야 하니 짜증이 나는군. 하필이면 이런 허접한 곳에서 만나자고 하는 것도 마음에 안 들고."

잿빛 머리칼의 하이어드가 불쾌한 듯 미간을 찌푸리며 회색 머리칼의 하이어드 필란에게 그렇게 대꾸했다.

"그럼 누구 공관에서 모이자고 할까? 스웬."

필란의 되물음에 잿빛 머리칼의 하이어드, 스웬은 고개를 픽 돌려 버렸다. 대꾸하지 않겠다는 의지가 엿보였다

"아니, 이야기나 계속하지. 그래서? 무슨 소식 말인가?"

마지막 다른 하나, 탁한 금빛 머리칼의 하이어드인 로를웨가 필란에게 시선을 주었다.

"참고로 말해두네만 남작 저택의 별채에 들어온 손님에 관해서라면 이미 알고 있네."

스웬이 옆에서 다시 한 번 초를 쳤다.

"흥, 그 자칭 대공의 소공녀 말일세."

"양녀라고 들었네. 부친과 종족이 다른 건 그렇게 설명할 수 있겠지."

"양녀라면 더더욱 별 볼 일 없지 않겠나? 여자에다 엘프. 대공의 뒤를 이을 가능성이라고는 눈곱만큼도 없지."

"그래도 대공의 인장을 갖고 왔다고 들었네."

스웬과 로를웨는 어느새 필란을 제쳐두고 둘이서 남작 저택의 손님에 대한 이야기를 하기 시작했다. 그러나 필란은 동요하는 기색 없이 입을 열었다.

"델라크가 남작에게 모금을 했다더군."

"델라크가? 얼마나?"

고개를 돌린 상태였던 스웬이 다시 필란 쪽으로 고개를 돌리며 흥미롭다는 듯 눈동자를 반짝이며 물었다. 필란이 피식

웃으며 대꾸했다.

"그건 제대로 대답해 주지 않더군."

"그야 그렇겠지, 흐흣."

스웬은 조소했다. 로를웨의 표정도 별로 다르지는 않았다.

스웬, 필란, 로를웨.

이 셋은 남작령의 하이어드 중 가장 큰 세력을 유지하고 있는 거두들이었다.

본래 지금 남작의 조부였던 그레고리 남작의 밑에서 충성을 바쳐 큰 신임을 얻고 분봉까지 받았던 신하들이었다.

전대 그레고리 남작이 인간 종족 수명의 한계를 넘지 못하고 먼저 죽고, 그 뒤를 아들인 율리안 남작이 이었다가 늙어 죽고, 지금의 손자 그레고리 남작이 작위를 승계받는 과정을 모두 지켜보아 온 신하들이기도 했다.

남작 가문이 삼대를 거쳐 가는 중에도 하이어드 엘프의 긴 수명 덕에 아직까지도 살아남아 권세를 누리고 있는 자들로, 옛 충성은 간데없이 노회함만이 남아 현 남작에게서 대부분의 권한을 그도 모르는 새 전부 빼앗아 차지한 자들이었다.

라핀젤 발레리에 넬라가 죽는 본래 역사에서는 이들이 막후에서 하이어드 집단을 조종해 라핀젤을 죽음으로 몰아넣었다는 의혹이 강하게 일지만, 직접적인 기록은 하나도 남아 있지 않았다.

발레리에 대공이 그레고리 남작을 토벌한 '분노의 토벌' 시기에 이 셋은 가장 먼저 대공에게 항복하여 길을 열어주고 정보를 제공해 살아남았다. 대공은 남작령을 토벌한 후, 지배권만 챙기는 것에 만족하고 토호 세력에게는 권한을 남겨두고 철수해 버렸다.

그렇기에 세 하이어드와 그 가문의 후예들도 계속해서 권세를 누렸다. 후세의 사가들도 그들의 압력에 굴했을 가능성이 매우 높지만, 증거는 남아 있지 않았다.

"뭐야, 남작 일인가? 그거라면 이미 결론이 나와 있지 않은가?"

"그래, 답은 아무도 모금에 참여하지 않는다. 이것이지."

모금에 참여하지 않는다. 즉, 아무도 남작가를 잇지 않는다. 그것이 그들에게 있어서의 정답이었다.

"남작에게는 자식이 없지. 자식뿐일까? 아내도 없지!"

"적어도 결혼으로 아이를 얻을 수는 없어. 우리가 상황을 그렇게 만들어두었으니까."

필란이 말하자, 로를웨가 이어 말했다.

"그래, 우리가 귀족가의 그 어떤 아가씨도 남작에게 청혼하지 않도록 손을 썼지. 남작이 수명이 다하면 남작가는 끝이고, 남작령의 실질적인 권한은 모두 우리 것이 되는 거야."

누가 엿듣기라도 하면 큰일 나는 소리 같지만, 스웬은 아무런 거리낌 없이 말했다. 그는 이 이야기를 입에 올리는 것을 아주 좋아했다. 남작 가문을 끝내는 것이 그리도 좋은지, 술만 마시면 이 소릴 할 정도였다.

그리고 스웬이 아무리 주사를 부리든, 이 이야기가 남작에게 들어가는 일은 없고 그의 신변에 무슨 일이 생기는 일도 없었다.

지금 이 순간에도 남작은 이 하이어드들을 의심하기는커녕 그저 자신이 못나서 아무도 청혼을 하지 않는 거라고 어렴풋이 생각하고 있을 따름이었다.

"뭐, 사실 이미 그렇지 않은가? 지금의 남작에게 어떤 권한이 남아 있는가? 없지!"

그걸 잘 알기 때문에, 필란도 말리지도 않고 그런 반문을 할 수 있었다. 아직 술은 들어가지도 않았는데, 자리는 벌써 흥에 취한 듯 보였다.

"사실 하나 있네."

그런데 로를웨가 흥을 깼다. 두 사람의 시선이 동시에 로를웨를 향해 돌아갔다.

"호오, 그게 뭔가?"

"통치 행위일세."

"통치 행위라. 절대 명령권 말인가?"

이 근방의 영지는 모두 남작령이기 때문에, 원칙적으로는 모두 남작 마음대로 할 수 있다. 사실은 남작은 마음만 먹으면 지금이라도 당장 세 거두라 불리는 이들의 모든 권한과 재산도 몰수할 수 있다.

원칙적으로는.

그러나 세상이 어디 원칙으로 돌아가던가?

"그런 짓을 하면 암살해 버리면 그만이야."

필란이 픽 웃으며 일축했다. 명령권자 본인이 죽어버리면 통치 행위고 절대 명령권이고 없다. 암살 같은 극단적인 방법을 사용하지 않아도 상관없었다. 지금의 남작에게는 병력도 없고 금력도 없으니, 통치 행위로 절대 명령권을 발동한다 한들 그것을 집행할 실질적인 힘이 없었다.

"지금은 그렇지."

로를웨가 대꾸했다.

"하지만 델라크가 남작 가문의 후예가 된다고 생각해 보게."

로를웨의 그 말에 두 사람의 표정이 즉시 굳었다.

델라크에게는 남작과 달리 자금력이 있다. 용병을 고용할 수도 있고 정보를 사전에 입수할 수도 있다. 소심하고 만만한 성격의 그레고리 남작과 달리 야심가에 행동력이 강한 델라크라면 남작이 되자마자 절대 명령권을 발동하고 군대를 일으켜 이들을 토벌하러 올 수도 있었다.

그리고 그것은 남작의 정당한 권한이기에 대공이나 다른

귀족들에게 탄원을 내지도 못한다. 반격을 했다간 그걸 빌미로 다른 귀족들이 개입해 올지도 모른다.

"지금이라도 당장 델라크를 죽여야겠군."

스웬이 가장 먼저 말했다. 스웬의 그 말을 듣고, 필란이 쿡쿡 웃어대었다.

"그건 걱정하지 말게. 이 소식을 가져온 게 누구인지 벌써 잊었는가?"

"설마……."

"그래, 지금쯤 암살자가 단검을 품에 숨긴 채 델라크의 침대 밑에 들어가 있을 걸세."

"역시 손이 빠르군."

스웬이 안도하며 웃었다. 하지만 로를웨의 표정은 여전히 굳어 있었다.

"하지만 이대로 가다 모금을 하려는 놈이 더 생기면 그게 문제야."

"족족 죽여 없애면 되지 않겠나?"

"그것도 한계가 있지."

필란의 가벼운 발언에 로를웨는 고개를 저었다.

이 세 거두의 방식은 어디까지나 막후 정치를 관철하는 거였다. 자신의 손은 더럽히지 않는다. 필란이 델라크에게 보낸 암살자도 본인이 누구에게 고용된 건지는 잘 모를 터였다.

하지만 비밀스럽게 움직이는 것도 한계가 있다. 숨바꼭질을 해도 자주 들써이면 숨은 장소가 들키게 마련이다. 하물며 사람을 죽이는 일이다. 점점 길어지기만 하는 꼬리를 밟히는 것도 시간문제가 되리라.

"그리고 혹시나 우리의 그물망에서 벗어난 놈이 있을지도 모른다고 생각하면 암살로 모든 걸 처리할 수 있다고는 믿지 않는 게 나을 걸세."

"그도 그렇겠군."

로를웨의 말을 다 듣고서야 사태의 심각성을 느낀 건지 스웬이 무거운 표정으로 고개를 끄덕였다.

"다른 방도를 내야 하네."

"다른 방도라니, 어떤?"

스웬은 그렇게 물었지만, 로를웨는 대답하지 않았다. 그러나 스웬은 로를웨의 눈에서 번뜩이는 야심가의 눈빛을 보았다. 머리는 안 좋아도 촉은 좋다고 소문난 스웬이었다.

스웬은 아무런 흥미가 없는 듯 다시 정면으로 고개를 돌렸다. 연기였다. 그러나 그들이 어디 한두 해 알아온 사이던가. 스웬의 얼굴을 필란이 들여다보고 있었다.

이미 세 사람은 서로가 뭘 할 건지 훤히 들여다본 상태였다.

*　　　*　　　*

"자네 말대로 집은 팔아버렸네."

델라크, 젊은 야심가가 말했다. 그는 남작가에 가장 먼저 모금하러 온 하이어드이기도 했다.

"아니, 전 집까지 팔라고 한 적은 없는데요."

로렌은 황당해하며 손을 내저었다. 그러자 이번에는 델라크가 의아해하며 물었다.

"나한테 암살자가 들이닥칠 거라고 말한 건 자네 아닌가?"

"집 팔라고 말한 적은 없는데."

"그래서 집을 팔았네."

"말이 안 통하네요."

로렌은 그냥 입을 다물어 버렸다. 그러든 말든, 델라크는 계속해서 말했다.

"난 당분간 행적을 좀 숨길 생각이네. 집을 판 돈은 자네가 수령해서 남작님께 드리게나. 그것도 모금액에 포함시켜 주게."

그렇게 말하면서 델라크는 매매 계약서를 로렌에게 맡겼다. 뭘 믿고 이런 걸 맡기는지. 물어보면 상인 특유의 사람 보는 눈이라고 대답할 게 뻔했다. 로렌은 어이없어 하면서도 순순히 증서를 받았다.

"그거야 뭐, 그러도록 하죠."

로렌은 가벼운 말투로 말했다.

"죽지 말아요, 하이어드 델라크. 당신이 죽으면 모금액이 준단 말이에요."

만난 지 얼마 되지도 않은 하이어드 상대로 정을 느끼거나 해서 한 말은 아니었다. 델라크가 죽는다고 유가족에게 모금액을 돌려줄 것도 아니지만, 그의 죽음 때문에 다른 하이어드들이 겁을 먹고 모금을 저어하게 되는 건 문제였다. 그래서 하는 소리였다.

"그것참, 신뢰가 가는 발언이로군. 알겠네. 잘 알겠어."

델라크는 웃으면서 가버렸다.

* * *

로렌이 델라크와 안면을 트게 된 계기는 간단하다. 델라크가 모금을 마친 후 저택에서 나갈 때, 같은 마차를 탔다.

물론 그건 우연 같은 게 아니라, 로렌이 델라크를 관찰하기 위해 일부러 한 짓이었다.

가장 먼저 모금하러 온 하이어드다. 관찰할 만한 가치는 있었다.

"같이 좀 타죠."

"어… 어."

델라크 입장에서는 웬 하인이 갑자기 동석을 요구하니 황당하긴 했을 터였다. 그래도 델라크는 동석을 허락했다. 상대는 하인임에도 불구하고.

물론 하이어드와 귀족의 하인은 계급으로 따지자면 같은 평민이다. 그러나 일단 금전이라는 힘을 쥔 하이어드는 자신들이 다른 평민들보다 우월하다고 믿는 경향이 있었다.

만약 델라크가 로렌을 그냥 발로 차서 마차에서 내쫓았더라면 그도 그런 일반적인 하이어드에 분류되었을 것이다. 하지만 그는 그러지 않았다.

'주의 깊군.'

로렌은 델라크에게 시선을 주었다. 델라크도 마찬가지였는지, 둘의 시선이 마주쳤다.

"이제부터 같은 마차를 타고 갈 건데, 통성명이라도 하지."

먼저 그렇게 입을 연 건 델라크 쪽이었다.

"나는 하이어드 델라크라고 하네. 자네는?"

"저는 로렌이라고 합니다. 성은 없습니다."

그렇게 통성명을 마치자 다시 마차 안이 조용해졌다. 따각따각하는 말발굽 소리와 마차 바퀴 굴러가는 소리만이 남았다.

"로렌… 군? 이라고 부르면 되나? 어쨌든 자네, 내게 무슨 볼일이라도 있는가?"

"네, 뭐."

로렌은 짧게 대꾸했다.

"예상은 하고 계시겠습니다만, 그래도 혹시나 해서 드릴 말씀이 있어서요."

"그게 뭐지?"

"델라크 님께서 살해당하실 수도 있다… 는 점을요."

꽤나 충격적인 발언일 터였다. 델라크의 동공도 크게 확대되었다.

"그렇, 겠군."

그러나 델라크는 곧 고개를 끄덕였다. 화를 내거나 무시하지 않는 걸 보니 짚이는 게 있는 모양이었다.

"아니, 나는 사실 각오는 한 상태일세. 내 행동이 '그들'의 분노를 살 거란 건 굳이 깊이 생각해 보지 않아도 알 일이지."

거기까지 말하고 델라크는 한숨을 푹 내쉬었다.

"그러나 살해당할 거라고 생각해 본 적은 없네. 하지만 그렇군. 자네 말이 맞아. 그들은 날 죽이고도 남겠지. 미처 생각하지 못했군. 고마우이, 로렌 군. 아니, 로렌이라 불러도 되겠는가?"

"편하신 대로 부르십시오."

"그래, 로렌. 자네는 어떻게 그런 생각에 이르게 됐는가?"

"시대의 문을 여는 자는 항상 시기와 질투 앞에 직면하게 되지요. 그리고 그것이 살의로 변질되는 것은 시간문제입니다."

잔 다르크가 그렇게 죽었고, 나폴레옹이 그렇게 죽었고, 줄리어스 시저도 그 운명에서 벗어나지 못했다. 본래의 운명대로라면 라핀젤 발레리에 넬라도 그렇게 죽게 될 것이다.

로렌은 델라크가 그들과 같은 시대정신이라고는 생각하지 않는다. 하지만 때로는 선두에 섰다는 이유만으로 가장 먼저 창을 맞아야 하는 경우도 생기는 법이다. 아니, 오히려 그런 경우가 더 많다고 봐야 했다.

"시대의 문을 여는 자라. 하하, 그렇겠군. 맞아, 그래."

델라크는 로렌의 대답이 마음에 드는 듯, 몇 번 그렇게 중얼거리더니 문득 고개를 들어 로렌을 바라보았다.

"자네는 발레리에 소공녀 전하의 하인이로군. 내 말이 맞나?"

"정보가 빠르시군요. 맞습니다."

로렌의 대꾸에 델라크는 회심의 미소를 지었다.

"아니, 그냥 떠본 것일 뿐일세. 이 저택에 '그들'에게 불리한 말을 해줄 인간이라곤 달리 없거든."

델라크의 말에, 로렌도 한 방 얻어맞은 기분에 델라크를 쳐다보았다. 델라크는 푸근히 웃어보였다.

"어쨌든 난 자네가 마음에 드네. 자네도 내가 마음에 들었으면 좋겠군."

*　　　　*　　　　*

델라크와는 그런 일이 있었다. 그것이 지난번의 만남이었고, 첫 만남이었다. 그런데 두 번째로 보자마자 주머니에 매매 계약서를 꽂아주다니.

"내가 사기꾼이면 어쩌려고?"

로렌은 픽 웃으며 그런 혼잣말을 했다.

로렌은 매매 계약서를 잘 갈무리해 품속에 넣었다. 그냥 이대로 착복할 생각은 당연히 없었다. 델라크는 이번 일에 중심인물 중 하나가 될 것이다. 그런 인물을 눈앞의 욕심 때문에 적으로 돌리는 건 어리석은 짓이다.

더군다나 모금액의 규모를 늘리기 위해서라도 이 대금은 반드시 받아서 남작의 금고에 쌓아야 했다. 일단은 비밀이지만 누가 얼마나 모금하고 갔는지는 알음알음 새어 나갈 테니까.

"자, 이제 다시 남작의 그릇을 측정해 볼 시간이로군."

남작에게 모든 로어 엘프를 사들이라고는 하지 않았다. 하지만 그의 금고에 들어간 돈 중에 얼마나 로어 엘프 구입에 쓰일 것인지에 대해서 로렌은 관심이 많았다.

사람의 그릇을 재는 가장 좋은 방법 중 하나는 갑자기 거금을 주머니에 넣어주는 것이다. 그런 지구의 옛 격언을 한 번 시험해 볼 생각이었다.

*　　　*　　　*

델라크가 종적을 감춘 지 불과 사흘 후의 일이었다.

남작령 남부 지방의 삼대 거두 중 하나인 하이어드, 필란이 그레고리 남작 저택에 찾아왔다.

"후계를 찾으신다고 들었습니다."

필란의 그 말을 듣자마자 남작은 바로 인상을 일그러뜨렸다.

"필란, 나를 비웃으러 왔는가?"

"아니요, 그럴 리가요."

필란은 고개를 조아렸다.

"저도 입후보를 위해 모금에 참여할까 해서요."

"자네가?"

남작이 의외라는 듯 목소리를 높였다.

"델라크가 남작님을 찾았다는 말을 들었습니다."

"아무리 상대가 자네라도 다른 자의 모금액과 모금 여부에 대해서는 말해줄 수 없네. 이해해 주기 바라네."

떠보는 듯한 필란의 말에 남작은 이야기가 이어지기도 전에 딱 잘라 끊어버렸다.

"알겠습니다. 그럼 먼저……."

필란은 상자를 내밀었다. 로렌이 그 상자를 받아서 남작에게 전달하지 남작은 상자를 열었다. 눈부신 금화가 상자 가득 채워져 있었다.

"일만 크로네입니다."

필란이 말했다. 크로네란 이 근방에서 통용되는 화폐로, 금력이 있는 하이어드가 각자의 이름을 새겨 발행한다. 각 하이어드가 자율적으로 발행한다지만 크로네 화폐의 무게와 금의 비율은 엄격하게 정해져 있다.

타고난 상인인 하이어드들은 화폐의 중요성을 진작부터 깨닫고 있었고, 그렇기에 이런 것만은 철저히 지켰다. 그 덕에 크로네는 남작령뿐만 아니라 중앙 정부에까지 통용되는 화폐로 자리 잡을 수 있었다.

"델라크가 낸 모금액보다야 많겠지요."

일만 크로네면 상당한 거금이었다. 델라크가 낸 모금액의 세 배를 초과하는 금액이다. 이 정도면 델라크가 팔아버린 저택을 네 채는 살 수 있다.

"델라크에게 관심이 많군."

델라크에게 첫 모금을 받았을 때와는 다르게 놀랍게도 남작은 상자의 내용물을 보고도 별로 놀라지 않았다. 다시 상자를 로렌에게 물린 남작은 필란을 향해 말했다.

"자네에게 규칙을 새로 설명할 필요는 없겠지?"

"가장 많이 모금액을 낸다고 바로 남작님의 후계를 이을 수 있는 건 아니다. 잘 알고 있습니다. 그 뒤에 선거에도 나가 투표도 받아야 하지요."

"좋네."

남작은 로렌에게 슬쩍 시선을 주었다. 로렌은 필란에게 보이지 않는 각도로 고개를 끄덕였다.

"자네가 1위일세."

남작의 선고를 들은 필란의 표정이 순간 동요로 흔들렸다. 그러나 곧 동요는 사라졌다.

"알겠습니다. 그럼 소인, 이만 물러가 보도록 하겠습니다."

"그러도록 하게."

필란이 응접실을 나가자, 그제야 남작은 헉헉 거친 숨을 몰아쉬기 시작했다.

"로렌, 로렌!"

그러더니 갑자기 로렌의 이름을 큰 소리로 불렀다. 로렌은 질린 듯 고개를 내저었다.

"큰 소리로 부르지 마십시오."

"이, 이, 이, 이, 일만 크로네!"

"알겠으니까 흥분하지 마십시오."

로렌은 대놓고 한숨을 내쉬었다. 일개 하인이 남작 앞에서 취할 태도는 아니었다.

"필란하고 단둘이 있기 싫다고 절 부르시다니. 남작님의 집사장과 시녀장은 어쩌시고."

"그들은 저들의 편일세."

로렌의 말에, 남작은 뚱하니 대꾸했다. 그거야 로렌도 알고 있었다. 그럼 지금의 집사장과 시녀장을 해고하고 새로 뽑으면 될 텐데, 남작은 그러기는커녕 로렌을 불러다놓고 이런 소리나 하고 있었다.

"그렇다고 발레리에 전하께 동석을 부탁드릴 순 없으니 자네가 동석해야 마땅하지."

"뭐가 마땅합니까?"

로렌의 날카로운 되물음에 남작은 하하하 웃었다.

"난 그대가 좋으이."

요즘 왜 남자들한테 이런 소릴 자주 듣는 걸까? 로렌은 진저리를 쳤다.

"소름 돋는 소리 하지 마십시오. 제가 아직도 시녀처럼 보입니까?"

"아니, 그런 의미로 한 말은 아닌데. 뭐, 좋네."

남작의 표정과 목소리에서 웃음기가 빠졌다.

"어찌 보는가?"

"무엇을 말씀이신지?"

"저자일세."

"……!"

로렌은 고개를 들어 남작의 얼굴을 들여다보았다. 무례한 짓이었지만 남작은 로렌의 태도를 지적하거나 하지는 않았다.

"저자가 내게 라핀젤 전하의 정보를 물어다 주었네. 아니, 물어다 주었다기보다는 몰아넣었다는 표현이 더욱 어울리겠군. 혹시 내 마부였다던 자를 만나지 않았던가? 그는 필시 저자의 마부였을 걸세."

남작은 자기 사람이 없다. 저택의 시녀장과 집사장마저도 하이어드의 입김이 불어넣어져 있으니 어련할까. 돈으로 사람을 사려해도 그 돈이 없다. 로어 엘프 노예 하나를 살 돈에 눈이 돌아가는 양반이다. 양반이 아니라 귀족이지만, 아무튼.

마부를 부려 변두리 구석 마을에서 솜씨 좋은 소매치기를 고용한다든가, 사운델리의 여관에 미리 날치기를 숨겨둔다든가 하는 일은 도저히 불가능하다. 정보력도 없고 돈도 없고 인맥도 없는데 어찌 그게 가능하겠는가?

물론 이것이 남작의 기만책일 가능성이 완전히 없지는 않다. 로렌은 얕다고 보는 그 가능성을 가슴속에 남겨둔 채, 남작의 말에 대답했다.

"그렇다면 남작님께 제 주인님을 찌르라고 사주한 것도 저자겠군요."

"아니, 그건 내 실책일세. 절망에 빠져 쪼그라들어 버린 내

몸과 마음이 저지른 짓이지."

남작은 로렌의 시선을 피하며 말했다.

"그땐 정말 미안했네."

"왜 제게 사과하십니까? 아니, 그건 됐습니다. 저자를 어찌 보았나 물으셨으니, 그 질문에 먼저 대답하는 것이 순서겠지요."

로렌은 자칫 다른 곳으로 흐를 뻔했던 화제를 다시 제자리로 돌려놓았다.

"델라크를 암살하려 한 자는 저자일 겁니다."

"왜 그렇게 생각하나?"

"델라크가 죽지 않은 채 행적을 감춘 것을 가장 먼저 알게 된 자가 저자일 테니까요."

"그렇군. 암살자가 실패했음을 알릴 첫 상대가 주인일 테니. 당연한 수순이겠군."

로렌은 델라크의 집 매매 대금을 받기 위해 움직이면서, 델라크의 집 내부도 함께 살펴보았다.

흔적을 감춘다고 감췄지만 로렌은 그 집에서 암살 시도의 흔적을 발견해 냈다. 델라크의 침실 침대 내부에 사람 하나가 들어갈 만한 공간이 만들어져 있었고, 거기서 델라크의 것이 아닌 머리카락이 나왔다.

로렌과 아가씨 일행이 사운델리에 묵었을 때 그 여관방에

설치되었던 트릭과 똑같았다.

그리고 지금 남작이 말해준 필란에 대한 증언. 남부 지방의 세 거두 중 가장 먼저 모금에 나선 이유.

이를 모두 종합해 볼 때, 다른 경우의 수일 가능성은 지극히 낮았다.

"하지만 로렌, 내가 알고 싶었던 건 정보가 아니네."

남작이 갑자기 그런 말을 했다.

"그대의 생각일세."

필란을 어떻게 생각하는가. 로렌은 짧게 숨을 한번 마셨다가 뱉었다. 그러고서야 대답했다.

"적이라고 생각합니다."

"적? 누구의?"

"제 주인님의 적이자, 남작님의 적, 그리고 제 적이기도 합니다."

로렌은 단호히 선언했다.

"적어도 저는 그렇게 생각합니다."

*　　　*　　　*

로렌은 필란이라는 이름을 모른다. 하지만 '남작의 마부'가 사실은 필란의 심부름꾼이라 하면 필란은 로렌의 적이 맞다.

그리고 아가씨에게도 적대 행위를 했으니, 아가씨에게도 적이다.

하지만 남작의 적이냐고 물으면, 사실 대답할 말이 곤궁하다. 그 근거는 순수하게 감이었기 때문이었다. 남작이 필란을 적대시하는 것 같았기 때문에, 필란을 적이라고 말했을 뿐이었다.

어쨌든 남작은 로렌의 대답을 마음에 들어 했으니 다행이었다.

아무리 겉으로 보기엔 로렌이 남작을 막 대한다 한들, 남작은 귀족이고 로렌은 평민이었다. 남작의 신경을 건드려서 좋을 건 없었다.

그래서 로렌도 항상 선은 지키고 있었다. 남작이 화가 나서 극단적인 선택을 하면 해를 입는 건 로렌뿐만이 아니니까. 눈이 돌아간 상대에게 대공의 소공녀라는 방패막이가 작용할 리도 없었다.

반대로 로렌도 눈이 돌아가 버리면 언제든 남작을 죽일 수 있었지만, 로렌의 경우는 눈이 돌아갈 일이 없으니 그 경우는 생각하지 않아도 됐다.

"아."

거기까지 생각한 로렌은 남작도 같은 생각일지도 모른다는 결론에 도달했다.

하기야 첫 만남부터 로렌은 남작에게 마법 화살을 겨누지 않았는가? 남작 입장에서는 로렌이 유사시에는 '돌아버릴 수도 있다'는 생각을 품어도 이상하지는 않았다.

"…뭐, 서로가 서로를 조심하는 관계가 좋지."

왠지 모르게 느껴진 씁쓸함을 무시하며 로렌은 그렇게 혼잣말을 했다.

*　　　*　　　*

남작의 저택 별채에서 로렌이 그냥 손 놓고 세월만 보낸 건 아니었다. 그는 레윈과 함께 마법 수련에 힘쓰고 있었다.

그 덕분에 아가씨를 살리느라 사용했던 즉시 시전 회복 마법에 썼던 마력을 보충한 건 물론, 그전보다도 마력을 더욱 늘렸으며 사용할 수 있는 주문도 늘어났다. 마법 화살을 기준으로 100발 분량의 마력에, 전격 폭발과 파괴 광선을 새로 사용할 수 있게 되었다.

전격 폭발은 손끝에서 벼락을 내뿜어 벼락의 타격 지점을 기점으로 폭발을 일으키는 주문이다. 로렌의 마법 서킷이 더욱 단단히 성장하면서 마력을 순간적으로 급격히 밀어 넣을 수 있게 되면서 사용할 수 있게 되었다.

불꽃으로 이뤄진 공을 던져 타격점을 폭발시키는 화염 폭발은 회피당할 가능성이 높고 차폐물에 막힐 수 있지만, 전격 폭발은 벼락을 쏘아냄으로써 좀 더 빨리 타격할 수 있고 어느 정도의 유도 성능을 지니며 한정적이긴 하지만 전도체를 관통시킬 수도 있다.

파괴 광선은 원하는 지점에 광선을 내쏘아 정밀하게 파괴할 수 있는 주문이다. 로렌의 마법 서킷이 더욱 세밀한 구조로 마법을 형성할 수 있게 되면서 사용할 수 있게 된 주문이다.

그냥 목표 지점을 바라보고 화살을 날리는 마법 화살보다 빛을 쏘아 맞추는 파괴 광선 쪽이 명중률이 높으며 위력이 높다. 화염 폭발보다는 폭발력이 부족하지만 사용하는 마력은 화염 폭발의 절반 수준이다. 물론 마법 화살보다야 훨씬 많은 마력을 사용하는 셈이지만, 메리트를 생각하면 당연하다 볼 수 있었다.

새로 얻게 된 주문 두 개뿐만 아니라, 마법 서킷의 성장으로 로렌은 간이 주문과 반대 주문도 사용할 수 있게 되었다. 간이 주문은 특정 주문의 일부 효과만 따와서 쓸 수 있는 주문이고, 반대 주문은 특정 주문의 완전히 반대 효과를 낼 수 있는 주문이다.

간이 주문은 당연히 원래 주문보다 현저히 적은 마력이 들고 발동 속도도 앞당길 수 있어서 즉시 시전을 위해 다섯 배의 마력을 투자할 필요도 적어진다.

예를 들어서, 전격 폭발의 벼락 부분만 따온 간이 주문이 바로 레윈도 한번 보여준 적이 있는 대상을 감전시켜 버리는 스터너이다. 레윈은 아예 주문 시전을 생략해 버리는 모습도 보여주었는데, 로렌도 지금에야 비슷하게 할 수 있게 되었다.

반대 주문은 마법 서킷에 마력의 주입을 역으로 하기 때문에 마력 소모와 시전 시간도 늘어나는 단점이 있지만, 하나의 주문으로 판이한 두 종류의 효과를 낼 수 있기 때문에 미리 구성시켜 둘 마법 서킷의 종류를 줄여둘 수 있어서 좋다.

대표적인 예로는 회복 주문의 반대 주문인 괴사 주문으로, 손을 댄 부분을 괴사시켜 버리는 효과가 있다. 이렇게 괴사시킨 조직은 회복 주문으로도 회복이 잘 되지 않기 때문에 같은 마법사를 상대할 때 위력을 발휘한다.

로렌이 시험 삼아 주문을 사용하는 모습을 바라본 레윈이 문득 이렇게 말했다.

"말도 안 되는 습득 속도로군."

로렌 본인은 엘프가 아닌 인간이라서 본인의 성장이 늦다고 생각하고 있는데, 레윈이 옆에서 그런 소릴 했다. 그래서 욱해서 반론을 좀 하려다가 문득 이상한 점을 눈치챘다.

로렌은 자신의 마법 습득 속도를 답답해하고 있지만, 사실 지금의 그는 김진우일 때는 물론 로렌 하트였을 때보다도 빠른 속도로 마법을 익혀 나가고 있었다.

되짚어보면 로렌은 불과 5개월 만에 대마법사까지 기어 올라간 로렌 하트도 서른 살은 넘어야 도달할 수 있었던 경지에 도달한 셈이다.

이미 사정을 아는 레원이니까 상관없어 하지, 평범한 마법사가 로렌의 성장 속도를 목도했더라면 질투심과 열등감에 젖어 이미 로렌을 등 뒤에서 푹 찌르고도 남았다.

"…뭐, 반복 학습의 힘이겠지요."

그래서 로렌은 반론하려 벌린 입으로 그런 말을 뱉을 수밖에 없었다.

그렇다고 '엘프로 회귀하는 데 성공했다면 더 빨랐을 거예요!'라는 말을 하는 건 너무 염치없는 짓이었으니까.

* * *

남작은 델라크가 모금한 돈으로 로어 엘프 세 명을 사다 별채로 보내주었다. 델라크의 자택 매매 대금까지 합치면 모금액의 절반 정도는 쓴 셈이었다.

"나쁘지 않은 수준이로군."

남작이 모든 돈을 전부 로어 엘프를 사는 데 썼더라도 실격이었다. 이런 일을 움직이는 데 있어서 비상금은 항상 필요한

법이니까. 남작이 쓸데없는 쇼핑을 한 기색은 보이지 않으니 괜찮은 수준이라고 하기에 적당했다.

당연하지만 지나치게 짜게 굴었어도 실격이었다. 가능하다면 한 명 정도는 더 사다줬으면 하는 바람이었지만, 타인이 자기 마음대로 움직여 주길 바라는 것도 사실은 오만이다.

그리고 오늘 필란에게서 받은 일만 크로네가 있으니, 그 돈으로도 로어 엘프를 몇 명 더 사다줄 것이라고 기대할 수 있었다. 그렇다고 얼른 사다달라고 남작을 보챌 이유 같은 건 없었다. 보채서도 안 됐고.

남작은 사들인 로어 엘프를 직접 확인하지는 않고, 노예 상인을 직접 로렌 일행이 머물고 있는 별채로 보냈다.

그래서 안대와 재갈을 물린 로어 엘프 세 명이 별채의 현관으로 배달되었다. 안대와 재갈은 물론 로어 엘프들이 시선과 목소리로 주변을 더럽히지 않도록 배려한 노예 상인의 조치였다.

당연하게도 그런 로어 엘프들의 모습을 본 라핀젤 아가씨는 굉장히 불쾌해 보였다. 그러므로 로렌은 바로 로어 엘프들의 안대와 재갈을 풀었다.

아무렇지도 않게 로어 엘프에 손을 댄 로렌을 보며 노예 상인은 잠깐 놀랐지만, 별말을 하지는 않았다.

"수고했네. 돌아가 보게."

레윈이 노예 상인에게 품삯을 쥐여 돌려보냈다.

"아가씨께서 이름을 붙여주시지요."

노예 상인이 돌아가자마자 그 세 명의 로어 엘프를 두고 로렌은 아가씨에게 그렇게 말했다.

아가씨는 불가촉천민인 로어 엘프들을 빤히 들여다보고 있었고, 생전 처음 그런 시선을 받아본 로어 엘프들은 얼어붙은 채 아가씨의 시선을 피하느라 정신없었다. 자신의 시선으로 귀인을 더럽히는 걸 두려워하는 기색이었지만, 아가씨는 그런 그들의 배려를 신경도 쓰지 않았다.

"내가?"

"아직까지 이들은 노예입니다. 그러니 이름도 없죠. 그렇지?"

로렌이 말을 걸자 그들은 움찔 몸을 떨었다. 누가 자신들에게 말을 거는 것도 생경한 것이리라. 그들을 다루는 노예 감독관들조차 그들과 대화하려고 한 적이 없을 터였다. 그들끼리의 대화도 금지되었을 테니, 제대로 말이나 할 수 있을지 걱정이었다.

"네, 네……."

가장 나이가 많아 보이는 소년이 대답했다. 나이가 많다고는 해도 인간 기준으로는 12살 정도로밖에 보이지 않았다.

다행히 대답 정도는 할 줄 아는 모양이었다. 그래도 눈동자가 팽글팽글 돌아가는 걸 보니 말을 제대로 이해나 했는지 걱정이었다.

그런 그들을 보고 있노라니, 고향 마을의 경비대원이었던 티슨이나 경비대장은 상대적으로 괜찮은 사람이었을지도 모른다는 생각이 언뜻 로렌의 뇌리를 스쳤다.

지난번의 로렌이 로어 엘프였을 때, 그들은 로렌을 천민 중에 천민 취급을 하긴 했지만 적어도 불가촉천민 취급은 안 했으니 말이다. 비록 말을 거는 목적은 협박을 위해서였고, 접촉을 한 이유는 패기 위해서긴 했지만.

'아니, 그놈들은 그냥 상납금 맞추느라 정신없었던 거였지.'

쓸데없는 생각으로 시간을 잡아먹었다고 생각하며 로렌은 다시 어린 로어 엘프 노예들을 응시했다.

사실 로렌은 아가씨 몰래 남작에게 최대한 어린 로어 엘프들을 사다달라고 부탁했다. 나이가 어릴수록 가격이 싸다는 점도 있었기에 남작은 쾌히 승낙했다.

물론 로렌이 노예 가격을 알고 그런 주문을 한 건 아니었다. 로렌은 그들에게 마법을 가르칠 것이고, 그 이전에 엘프어를 가르칠 셈이었다. 어릴수록 언어 습득 능력이 높으니 그 점을 생각해서 붙인 조건이었다.

"그럼."

아가씨가 말했다.

"네가 붙여, 로렌."

"네?"

다른 생각을 하느라 그 대답은 조금 늦었다.

"이 아이들은 네 제자가 될 거잖아?"

"그렇죠?"

"그러니까 네가 이 아이들의 이름을 붙여."

아가씨는 어째선지 좀 불쾌해 보였다. 아마도 이들을 노예라고 부른 게 마음에 안 든 것이리라. 그렇다고 그 불쾌함이 로렌을 향한 건 아니었다. 그저 노예가 존재하는 지금의 체제가 그녀로 하여금 불쾌함을 느끼고 있게 만드는 것이리라.

"알겠습니다."

그래서 로렌은 잠자코 고개를 끄덕였다. 괜히 이상한 소릴 덧붙였다가 아가씨의 불쾌함이 자신을 향할 가능성이 완전히 없지는 않았다. 아가씨의 성품상 그럴 가능성은 지극히 낮았지만, 그래도 로렌은 굳이 아가씨를 시험하려 들지 않았다.

로렌의 시선이 다시 로어 엘프들을 향했다. 그중에 가장 나이 많은 로어 엘프를 손가락으로 가리키며, 로렌은 선언했다.

"자, 너. 네 이름은 이제부터 베르테르다."

"베, 베르테르."

가장 나이 많은 로어 엘프가 떠듬떠듬 대답했다. 지금 무슨 일이 일어나고 있는지 제대로 이해하고 있지 못한 눈치였다.

"좋아, 베르테르. 이제부터 베르테르라고 부르면 널 부르는 거다. 대답해라, 베르테르."

"네!"

베르테르는 급히 대답했다.

"그리고 너… 너는 알베르트다. 알베르트, 대답해라."

베르테르보다 더 어린 작은 소년을 향해 로렌은 말했다.

"넵!"

마치 그렇게 대답하도록 훈련받은 것처럼, 작은 소년은 작은 목소리로 짧게 대답했다.

"그래, 이제부터 네 이름은 알베르트다. 잘 기억해 두도록."

"넵!"

정말로 알아들은 걸까? 로렌은 다소 의구심이 들었지만, 어차피 가르치다 보면 차차 알게 될 터였다. 마음을 급하게 먹을 필요는 없었다.

마지막으로 가장 어린 소녀에게 로렌의 시선이 향했다. 소녀는 그 자리에서 굳어버렸다.

"너는 샤를로테. 샤를로테다. 자아, 대답해라, 샤를로테."

"……!"

샤를로테라고 이름 붙인 소녀가 대답하기 위해 입을 벌렸지만, 그녀의 입에서 목소리는 새어 나오지 않았다. 자세히 보니 혀가 잘려져 있었다.

그걸 본 로렌은 반사적으로 미간을 찌푸렸다. 그러자 샤를로테는 그 자리에서 엉덩방아를 찧고 양팔을 머리 위로 들어 올렸다. 얻어맞을 거라 생각한 모양이었다.

"샤를로테, 알았다. 대답할 필요는 없다. 알아들었으면 고개를 끄덕여라."

샤를로테는 울먹거리는 시선을 그제야 간신히 힐끔힐끔 들어 올리다가, 주저주저 고개를 끄덕였다. 얻어맞지 않은 것에 대해 의아해하는 것처럼도 보였다.

"이제부터 너희는 내 제자다. 나는 너희에게 엘프어와 문자, 그리고 마법을 가르칠 것이다."

그제야 로렌은 로어 엘프 셋 다 자신의 말을 알아들었음을 확신할 수 있게 되었다. 왜냐하면 로렌의 말을 들은 그들의 시선이 변했기 때문이었다. 마치 오랜 꿈이 이뤄진 것처럼 그들은 로렌을 바라보고 있었다.

'역시 엘프로군.'

로렌은 피식 웃었다. 배움에 대한 열망은 항시 엘프들을 괴롭힌다. 그것은 본능이었다. 설령 마법사가 아니더라도 그들은 뭐든 일단 배우려 든다.

"당장 시작하자."

그러니 더 이상 시간을 끌 이유가 없었다. 이들에 대한 교육을 나중으로 미루는 건 목마른 이에게 물을 내일 주겠다고 하는 것과 같았다.

로렌의 교육이 그 자리에서 시작되었다.

* * *

"대단해, 로렌. 너 잘 가르치는구나!"

로어 엘프 셋 옆에 같이 앉아서 로렌의 강의를 듣던 아가씨가 감탄하며 손뼉을 쳤다. 로어 엘프들이 배송 온 뒤로 줄곧 불쾌해 보였던지라, 로렌은 내심 안도했다.

"감사합니다, 아가씨. 그런데 아가씨께서는 다 아시는 내용 아니신지요?"

"그래도 또 배우면 좋지. 복습도 할 겸."

세 로어 엘프들은 아가씨의 존재 때문에 쭈뼛거렸지만 도중에 홀린 듯이 로렌의 강의에 빠져들어 있었다. 그만큼 교육에 굶주려 있었던 것이리라.

"나도 그 말에는 찬성이야, 아가씨."

아가씨 뒤에 서 있던 레윈도 찬동했다. 그도 로렌의 강의를 듣고 있었다. 영어로 치면 ABC 레벨의 기초적인 엘프어 강습인데 왜들 이러는지 로렌은 이해하기가 힘들었다.

"하지만 슬슬 날이 저물 테니 여기까지 하는 게 어때?"

레윈은 다소 조심스럽게 말했다. 그는 로렌과의 마법 강습을 고대하고 있는 것이리라. 새로 받은 제자들을 가르치느라 로렌이 자신을 뒤전으로 미뤄놓진 않을까 불안해하는 것처럼도 보였다.

"그러도록 하죠. 그냥 한 번에 많이 가르친다고 좋은 것도 아니니."

그런 로렌의 말에 로어 엘프들은 노골적으로 아쉬워하는 기색을 내비쳤다. 보통 학생들이라면 수업 끝나고 쉬는 시간만 기다릴 텐데. 로렌은 김진우였던 시절을 떠올리며 피식 웃었다.

"그럼 밥 먹자. 나 배고파."

아가씨가 나이에 걸맞은 표정으로 말했다.

"요리사에게 음식을 준비시키도록 하죠. 몇 인분 준비시킬까요?"

로렌의 말에 아가씨는 입술을 삐죽 내밀며 따졌다.

"설마 지금 나한테 얘네 먹을 건 준비시키지 말라고 말하게 만들 참이었어?"

"아뇨, 그럴 리가."

로렌은 가볍게 웃었다.

"아이들이 굶주려 있을 테니 인원수보다 많은 요리를 준비하는 것이 어떨지 진언드릴 참이었습니다."

"나한테 진언 같은 단어 쓰지 말랬지!"

아가씨는 삐친 듯 말했다.

"네 멋대로 해, 로렌!"

"알겠습니다, 아가씨."

로어 엘프들은 상황이 어떻게 돌아가는지 모른 채 고개를 숙이고 있을 뿐이었다. 역시 아무리 어리다고 한들 이미 박혀버린 노예 근성이 하루만이 지워질 리는 없었다.

'천천히 치유해야지. 내가 그랬던 것처럼.'

로렌은 씁쓸한 웃음을 띤 채, 요리사에게 요리를 부탁하기 위해 주방을 향했다.

7장
스승과 제자 I

로렌이 요 두 달 간 마법 단련과 제자를 기르는 일만 진력한 건 아니다.

로렌은 남작에게서 빌린 말 한 마리 등에 훌쩍 올라타 저택 밖으로 나가곤 했다. 당연히 그건 산책이나 승마를 위한 것은 아니었다.

보통 열두 살 소년이 혼자 돌아다니는 건 매우 위험한 일이지만, 로렌은 마법사고 성장을 거듭해 간이 마법까지도 사용할 수 있게 된 상태였다. 어중간한 불량배 따위가 그의 안위를 위협할 수는 없었다. 혼자서 덤비면 스터너에 감전될 거고,

여럿이서 덤비면 전격 폭발의 맛을 봐야 할 터였다.

"오늘은 거길 가봐야겠군."

로렌은 자신의 허리에 매어진 그랑 드워프의 단검을 툭툭 치며 중얼거렸다. 그동안은 다른 일이 바빠서 미처 가보지 못했지만, 이제는 한번 들러볼 때가 된 것 같았다.

"자, 가자! 조지 2세!!"

조지 2세란 로렌이 지금 타고 있는 말의 이름이다. 이 말은 어디까지나 남작에게 빌린 것이었기에 로렌에게 명명권이 있지는 않았다. 하지만 남작은 아직 어린 이 말의 이름을 로렌이 붙이는 걸 허락했고, 그래서 붙인 이름이 조지 2세였다.

말 이름에 딱히 의미를 두고 붙인 건 아니었다. 그냥 남작의 말 중에 조지라는 이름의 말이 있었고, 그래서 조지 2세라 붙인 것뿐이었다. 왕의 이름을 한 말을 타고 달리기 위해서라든가, 그런 의미를 부여할 생각은 로렌에게 없었다.

로렌의 말을 들은 어린 말이 투레질을 한 번 하고는 달리기 시작했다. 솔직히 말해 성질이 그리 좋은 말은 아니었지만, 어찌어찌 길들이는 데 성공했다.

고아 출신의 열두 살짜리 소년이 말을 길들인다는 것 자체가 사실은 말도 안 됐지만, 이제는 주변의 누구도 로렌이 뭘 할 수 있다는 걸 놀랍게 여기고 있질 않았다.

걸어서 간다면 하루 이틀은 걸릴 거리를 말은 한달음에 달려, 점심때 즈음에는 로렌을 목적지까지 옮겨다주었다.
"고맙다, 조지 2세. 돌아가면 귀리를 먹여주마."
로렌은 말의 목을 쓸어주며 감사를 표했다. 조지 2세는 콧김을 한 번 내뿜는 것으로 대답을 대신했다. 어쩌면 지금 당장 귀리를 달라는 의지 표명일지도 모르지만, 로렌은 상관하지 않았다.
똑똑한 말이다. 굳이 메어둘 필요는 없다는 걸 로렌도 알고 있었다. 로렌이 자신의 등 위에서 내리자 조지 2세는 따각따각 움직이며 주변의 풀을 멋대로 뜯어먹기 시작했다.
로렌이 도착한 곳은 저택으로부터도, 사운델리에서도 꽤 떨어진 외딴 움막이었다. 그 움막에서는 완고한 성격이 묻어나는 망치질 소리와 화덕의 열기가 뿜어져 나오고 있었다.
"이래서 란츠 드워프들은 안 돼. 솜씨만 좋으면 이런 데서 장사해도 입소문이 퍼져서 장사가 될 거라고 생각한다니까?"
로렌은 피식 웃었다. 말은 그렇게 하지만 그의 입가에서는 미소가 묻어나오고 있었다.
란츠 드워프란 건 현생 드워프의 일파로, 사실 그리 대세를 점하고 있는 족속은 아니었다. 시대가 지날 대로 지난 현대에도 여태 쇠를 두들기며 살고 있는 이들이다. 드워프 기준으로도 꽤나 낡고 시대에 뒤쳐진 취급을 받는 드워프 일파다.
지난 생에서는 여길 찾아오는 데 꽤 고생 좀 했다. 원래대로라면 백년 후에나 찾아올 곳이지만, 이번에는 조금 더 빨랐다.

"란츠 드워프가 뭐가 어째?"

망치질 소리가 멈추고, 고집스러움이 잔뜩 담긴 걸걸한 목소리가 울려 퍼졌다. 로렌 하트가 들었던 것보다는 훨씬 젊은 목소리다. 그야 백년도 빨리 찾아왔으니 그것도 당연하다.

움막의 문이 걷어차여 '쾅' 하는 소리를 냈다. 그리고 란츠 드워프가 나타났다. 란츠 드워프를 처음 봤을 때 느끼는 감상이란 인간이라면 다 같다.

작다.

12살인 로렌과 비슷한 키일 정도니 말 다했다. 게다가 이게 성장이 끝난 키였으니, 괜히 난쟁이 종족으로 유명한 게 아니다.

대신 앞뒤와 양옆은 로렌보다 훨씬 크다. 떡 벌어진 어깨, 아직 젊은 데도 툭 튀어나온 뱃살, 마지막으로 풍성한 수염. 그 수염이 은회색이었던 지난 생에서의 모습과 달리 검은색인 건 다소 낯설었지만, 그걸 신경 쓸 필요는 없다.

"손님은 좀 오오?"

로렌의 말에 란츠 드워프는 놀랐다.

"뭐야, 너. 어떻게 드워프어를 할 줄 알지?"

이제까지는 북부 공용어로 말을 걸었지만, 방금 전에 로렌이 한 말은 드워프어였다. 그리고 드워프어는 이 지방에서는 거의 사멸 수준이었다.

그야 드워프와 사이가 지극히 나쁜 하이어드 엘프가 실세가 된 지방이다. 드워프들은 더러워서라도 이 지방을 다 떠버렸고, 정말 소수만 이런 외딴곳에 처박혀서 쇠를 두들겨대고 있었다. 그리고 이 란츠 드워프가 그 극소수에 속한다.

"엘프 사투리가 섞였지만 꽤 유창하군. 드워프 양부 밑에서 자라기라도 했냐? 인간 꼬맹아?"

지난번에는 이 란츠 드워프와 친해지는데 시간이 좀 걸렸다. 아니, 많이 걸렸다.

그야 지난 생의 로렌 하트는 엘프인 데다 마법사이기까지 했고, 란츠 드워프는 드워프들 중에서도 완고하기로 유명하니 시간이 걸릴 법도 했다. 하지만 지금의 로렌은 인간이고 꼬맹이다. 드워프의 마음은 조금 더 쉽게 열릴 것처럼도 보였다.

'뭐, 다 의미 없지.'

로렌은 피식 한 번 웃고 허리에 찬 그랑 드워프의 단검을 스르렁, 하고 뽑아 들었다.

"너, 너……!"

란츠 드워프가 놀라 살기 어린 눈동자로 로렌을 노려보기 시작했다. 예상했던 바였다.

"그걸 어디서 주웠지? 아니, 훔쳤냐?"

현생 드워프에게 있어서는 까마득한 조상인 그랑 드워프의 유산, 그 유산을 드워프도 아닌 다른 종족이 들고 있으니 이런 반응을 보이는 것은 지극히 당연했다.

란츠 드워프의, 분명한 적의가 서린 그 눈동자의 안쪽에 벌겋게 자리 잡은 감정의 이름은 찐득찐득한 욕망.

이 란츠 드워프는 필시 로렌을 죽여서라도 이 단검을 갖고 싶다고 생각하고 있을 터였다.

“진정하지?”

로렌은 픽 웃고 란츠 드워프를 향해 손가락을 내밀었다. 그러자 빛 무리가 모여들며 화살의 모양을 취하기 시작했다.

그걸 본 란츠 드워프는 등 뒤로 슬쩍 감췄던 오른손을 얌전히 앞으로 빼내었다. 로렌이 마법을 꺼내 들지 않았더라면 지금쯤 란츠 드워프의 등 뒤에 숨겨져 있던 투척용 손도끼가 로렌의 어깨에 박혀 있었을 터였다.

‘지난번엔 그랬었지.’

지난 생에선 이렇게 험악한 사이였던 이 란츠 드워프와 어떻게 친해졌는지, 지금 생각하면 불가사의할 정도였다.

‘아니, 잘 생각해 보니 별로 친해지지도 않았군.’

로렌은 자신의 기억이 아주 약간 왜곡되어 있음을 인정했다. 지난 생에서 이 란츠 드워프는 로렌을 볼 때마다 입술 한쪽이 부자연스럽게 떨리고 있었다. 긴장 때문이었다. 이런 사이를 보고 친하다고 하지는 않는다.

"마법사냐……! 너, 이 어린……!"

"거기까지 하시지. 이 단검을 갖고 싶지 않나?"

어쨌든 이번 생에서도 같이 잘해봐야 할 사이다. 란츠 드워프의 입에서 욕설이 튀어나오기 전에 가로막은 로렌의 말이 드워프로 하여금 닥치게 만들었다.

"갖고 싶어!"

란츠 드워프의 입에서 솔직한 욕망의 표현이 터져 나왔다. 변함없이 자기 욕망에 충실한 종족이었다.

'이러니 전쟁이 나지.'

엘프와 드워프가 사이가 안 좋은 이유는 과거에 자주 전쟁을 치렀기 때문이었다. 그 전쟁의 원인은 대부분 드워프의 욕심 때문이었다.

물론 로렌이 본 역사서는 엘프 측이 기록한 물건이니 다소 편향적인 시각으로 쓰이긴 했을 테지만, 그렇다고 드워프가 욕망에 충실하다는 게 거짓이지는 않았다.

게다가 란츠 드워프는 옛 드워프의 특성을 많이 간직한 만큼 욕망에 더더욱 솔직했다.

"그럼 주도록 하지."

로렌은 그랑 드워프의 단검을 란츠 드워프에게 던져주었다. 드워프는 얼른 단검을 받았다.

단검과 로렌의 얼굴을 몇 번 번갈아보던 드워프는 경계심 가득한 표정으로 로렌 쪽으로 시신을 고정시켰다.

"원하는 게 뭐야?"

로렌은 란츠 드워프의 이런 점을 좋아했다.

뭘 받으면 그냥은 못 넘어간다. 반드시 뭔가 대가를 치르거나 은혜를 갚지 않으면 성에 차지 않아 했다. 기본적으로 사기꾼 기질이 좀 있는 하이어드 엘프와는 달리, 정말로 장사에는 소질이 없는 종족이다.

"그야 원하는 게 있지."

로렌은 만족스럽게 웃었다.

* * *

로어 엘프들은 스펀지가 물을 흡수하듯 로렌이 가르쳐 준 지식들을 빨아들였다. 불과 일주일 만에 엘프 문자의 표기법을 전부 습득하고, 기초적인 엘프어도 사용할 수 있게 되었다.

"이제 마법을 가르칠 때가 되었군."

로렌의 그런 혼잣말을 들은 로어 엘프들의 눈이 번쩍 빛났다.

"하지만 그 전에, 너희들은 나와 한 가지 약속을 해줘야겠다."

슬며시 웃으며, 로렌은 그렇게 말했다.
"아니, 이건 약속이 아니라 계약이겠군."
이제 이들은 엘프 문자를 안다. 그렇다면 계약서를 작성하는 데도 별문제가 없으리라.
"당연하게도 나는 너희들에게 일방적으로 베풀기만 할 생각은 없다. 이건 봉사 활동이 아니다. 아가씨가 너희를 노예 신분에서 사면해 주는 은혜를 내렸지만, 너희에게 마법을 가르치는 것은 내가 내 의지로 행하는 일이다. 그리고 이건 공짜가 아니다."
로렌의 입가에서 미소가 지워졌다.
"더군다나 마법은 힘이다. 엘프에게 있어서는 근력보다도 자연스럽게 사용할 수 있는 힘이지. 특히나 너희는 로어 엘프다. 적어도 인간보다야 마법에 재능이 있게 마련이다."
로렌 본인은 지금 엘프가 아닌 인간이지만, 그걸 지금 지적할 사람은 없었다. 이 자리에 레윈이 있었다면 또 모르겠지만, 지금 이 자리에는 로렌과 로어 엘프 세 사람만이 있었다.
"너희는 마법을 배움으로써 힘을 갖게 된다. 그 말인즉슨, 누군가를 죽일 수도 있게 된다는 거다. 내가 너희에게 마법을 가르친다 함은 너희에게 칼을 쥐여줌과 같다."
가장 기초적인 마법인 마법 화살조차도 사람을 죽일 위력을 갖고 있다.

로렌 본인이 남작의 마부라 자처했던 남자를 마법 화살로 죽였다. 물론 마부가 갑옷을 입지 않았고 유효사거리 내에서 급소를 정확하게 꿰뚫었기 때문이지만, 어쨌든 사람을 죽일 위력이 있다는 사실만은 변하지 않는다.

"그러니 약속해라. 그 칼끝을 내게, 아가씨께 돌리지 마라."

그러니 로렌은 반드시 자신의 제자가 될 이 세 사람에게 이 약속을 받아둬야 했다.

"그것을 계약 조건으로 삼아서 나는 너희에게 마법을 주마."

세 로어 엘프는 로렌의 말에 고민조차 하지 않고 당연하다는 듯 즉시 고개를 끄덕였다. 마법을 배우기 위해서라면 뭐든지 할 기세였다.

아니, 그 이전에 이들은 라핀젤 아가씨가 자신들의 은인임을 명확하게 인지하고 있었다. 이들이 고개를 끄덕일 것을 로렌은 잘 알고 있었다.

"좋다. 너희는 첫 번째 계약 조건을 삼켰다. 그럼 다음."

레윈의 표현을 빌리자면 성 하나를 내놓을 만큼의 가치가 있는 대마법사의 가르침이다. 겨우 '나를 적대하지 마라' 정도로 계약 조건이 끝날 리는 없었다.

"너희 셋은 어쩌다가 이 그레고리 남작님의 저택 별채에 가장 먼저 오게 된 로어 엘프들이다. 그리고 남작께서는 이후로도 계속 로어 엘프를 사다 보내주시기로 약속하셨다. 그들과 너희들의 차이는 그저 너희가 먼저 선택받았다는 점뿐이다. 결코 너희가 특별해서가 아니야."

로렌은 사뭇 진지하고 엄한 태도로 말했다.

"그럼에도 불구하고, 너희는 곧 특별해진다. 가장 먼저 마법을 배운다는 점 때문에, 아직 마법을 배우지 못한 이후에 올 로어 엘프들보다 특별한 존재가 되는 거지. 그것이 너희가 뛰어나기 때문이 아님을 인지해 둬라. 기억해 둬라! 오만해지지 마라!!"

로렌의 거칠어진 목소리에 샤를로테가 히익, 하고 놀란 듯 숨을 삼켰다.

"…이것이 두 번째 계약 조건이다."

그래서 로렌은 다소 부드러워진 목소리로 그렇게 이었다.

"그럼 다음."

세 로어 엘프들이 모두 고개를 끄덕이자, 로렌은 계속해서 말했다.

"나는 스승으로서 너희에게 어떤 지시를 내릴 때도 있을 것이다. 당연히 너희는 내 소유물이 아니며, 너희에게는 거부권이 주어질 것이다. 너희는 자유의지로 내 지시에 따를 것인지 거부권을 사용할 것인지 결정해야 한다. 이것이 세 번째 계약 조건이다."

세 번째 계약 조건에 대해서는 로어 엘프들이 제대로 이해하지 못했다. 지시를 따르지 않을 수도 있다는 개념을 이해하지 못했기 때문이었다. 어쨌든 그들은 고개를 끄덕였다. 나중에라도 이해하게 되면 그만이다. 로렌은 그렇게 생각했다.

"좋다. 이로써 너희는 그저 내 호의로 내 가르침을 받기만 하는 것이 아니고, 정당한 거래로서 얻고 베풀게 될 것이다. 아마도 이것이 너희가 하게 된 첫 거래일 거다."

로렌은 미소 지었다.

"너희가 내 제자가 되어 훌륭한 마법사가 되길 바라마."

* * *

로렌이 란츠 드워프의 움막을 다시 찾은 것은 2주 후의 일이었다.

"어때? 탈란델."

탈란델이란 이 움막에 사는 란츠 드워프의 이름이었다. 로렌과 탈란델은 2주 전에 어떤 약속을 하고 헤어졌다.

"그래, 꼬맹아. 약속한 물건이 완성되었다."

탈란델은 퉁명스럽게 대답했다.

"내가 엘프 나부랭이의 마법을 사용하는 인간 꼬맹이의 칼을 만들게 될 줄은 상상도 못 했다. 그것도 그랑 드워프의 각인을 이용한 칼을 말이야."

로렌과 탈란델이 나눈 약속은, 탈란델이 그랑 드워프의 단검을 받아 챙기는 대신 로렌에게 인간의 체구에 맞춘 한 손 검을 만들어주기로 한 거였다.

그랑 드워프의 체구에 맞게 만들어지는 바람에 지나치게 크고 쓸데없이 무거운 그랑 드워프의 단검은 로렌이 쓰기에는 그리 좋은 편이 아니었다. 그래서 자신이 쓰기 좋은 검을 따로 탈란델에게 제작해 달라고 했다.

물론 그냥 보통 칼을 만들어달라고 한 것도 아니고, 그랑 드워프의 단검에 새겨진 것과 똑같은 각인을 세공한 특제품으로 말이다.

로렌의 입장에서 보자면 로렌이 일방적으로 이득을 본 거래였지만, 탈란델의 생각은 다른 듯했다. 인간이 새 물건을 좋아하는 만큼 란츠 드워프들은 오래된 물건을 좋아한다. 더욱이 그랑 드워프 시대까지 거슬러 올라가는 유물이라면 란츠 드워프 기준으로 그 가치는 어마어마했다.

말하자면 양자 모두에게 좋은 거래였다.

"훌륭하군! 훌륭한 칼이야, 탈란델."

로렌은 탈란델에서 받아 든 칼의 도신을 바라보며 감탄을 아끼지 않았다. 목적이 있어서 칭찬하는 것이기는 했지만, 그 칭찬을 굳이 가장하거나 연기하려 할 필요는 없었다. 실제로 칼이 워낙 훌륭했기 때문이었다.

애초에 마법사 출신이라 검술에 대해 크게 일가견이 있는 것도 아닌 로렌이 탈란델에게 이 칼을 주문한 이유는 사실 따로 있다.

첫 번째 이유는 탈란델이 각인이 대해 알고 있는가에 대해 알아보는 게 그 목적이었다. 지난 생에서 만난 탈란델은 각인 전문가였지만, 지금은 그때와 100년이라는 시대 차이가 있다. 지금의 탈란델은 아직 각인에 대해 모를 가능성이 아주 없지는 않았다.

두 번째 이유는 탈란델의 호감을 사기 위해서였다. 드워프는, 특히 란츠 드워프는 자신의 철물을 소장한 상대에게 호감을 느낀다. 그게 아니더라도, 적어도 적의는 누그러지게 된다. 최소한 탈란델은 이제 로렌을 보면서 등 뒤 벨트에 숨긴 투척용 도끼를 만지작거리지는 않을 것이다.

물론 단순히 좋은 칼을 갖고 싶은 마음도 있었다. 로렌도 마법사이기 이전에 남자다. 좋은 병장기에는 마음이 쏠리게 마련이었다. 그리고 실제로 좋은 칼을 얻게 되었으니, 로렌은 기분이 아주 좋았다. 탈란델에게 칭찬을 아낄 하등의 이유가 없었다.

"흥, 철물을 보는 눈은 좀 있는 것 같군."

로렌의 칭찬에 퉁명스러웠던 탈란델의 목소리도 다소 누그러졌다. 기본적으로 퉁명스러운 드워프라는 종족은 칭찬에

약하다. 탈란델은 지금 익숙하지 않은 칭찬에 간질거림을 느끼고 있을 터였다. 그러나 그것도 길지 않았다. 로렌이 이어서 이렇게 말했기 때문이었다.

"그럼 다음 주문이다, 탈란델."

로렌의 말에 표정을 굳힌 탈란델은 이를 득득 갈면서도 아이를 가르치듯 대꾸했다.

"…꼬맹아, 네가 준 칼로 네가 받을 수 있는 건 그 칼뿐이란다."

"나도 그렇게 생각해."

로렌은 미소를 지으며 또 다른 것을 주머니에서 주섬주섬 꺼내었다.

"그러니 나도 지불할 건 또 따로 지불해야겠지."

"그… 그건……!!"

로렌의 주머니에서 나온 건 그랑 드워프의 보존 각인이 새겨진 전투식량이었다.

탈란델은 벌게진 눈으로 그 전투식량을 노려보았다. 탈란델의 반응을 직접 본 사람이라면 누구든 그에게 이 전투식량을 주면 봉투조차 뜯지 않고 대대손손 물려주며 천년 동안 보관만 할 거라고 확신할 수 있을 것이다.

"이건 그냥 주지. 받아라."

"그럴 순 없어!!"

탈란델은 말은 그렇게 하면서 욕망에 못 이겨 로렌이 내민 전투식량 상자를 낚아챘다.

"아아… 또 날 뭘로 부려먹으려고……."

그렇게 탄식하려면 차라리 안 받으면 될 텐데. 그러나 로렌이 해야 할 말은 그게 아니었다.

"내가 전투식량… 그리고 일전에 가져온 그랑 드워프의 단검을 어디서 구했는지 알고 싶지 않아?"

"알고 싶어!"

아무 망설임도 없이 탈란델은 대답했다. 그 대답을 들은 로렌은 회심의 미소를 지었다.

'물었다! 이제 낚아 올리기만 하면 된다.'

손맛을 느낀 강태공의 표정을 지으며, 로렌은 말했다.

"내게 그랑 드워프의 각인에 대해 가르쳐 줘. 그럼 나도 이 전투식량을 어디서 구했는지 알려주지."

"말도 안 돼!"

탈란델은 그것만은 안 된다는 듯 고개를 저었다. 그러나 그의 눈동자에는 열망이 가득 차 있었다. 알고 싶다! 하지만 안 돼! 탈란델의 내면에서 이는 갈등이 그의 목소리로 들리는 것 같았다.

하지만 탈란델은 체구의 차이를 이용해 로렌에게 덤벼든다거나, 로렌을 사로잡아 고문해서라도 그랑 드워프의 유물이

어디서 나왔는지 알아내려 하지는 않았다.

당연하다. 탈란델은 로렌에게 이미 전투식량을 받아 들었다. 이 빚을 갚기 전까지 로렌에게 해를 끼칠 수는 없다. 이것이 드워프의 도덕성이다.

물론 이게 아무에게나 통하는 것은 아니다. 천성적으로 도덕성이 결여되었거나 다른 종족과 뒤섞여 사느라 가치관이 변해 버린 드워프라면 곧장 로렌에게 달려들었을 것이다.

하지만 탈란델은 이 외딴 움막에서 혼자 사느라 아직 순수했다. 드워프로서의 도덕성을 간직한 채였다. 도시에 살다가 하이어드 엘프에게 사기 서너 번쯤은 당한 다른 드워프들과는 달랐다.

그런 주제에 유능하기는 또 엄청나게 유능하다. 다른 드워프들은 거의 다 잊어버린 그랑 드워프의 각인에 대해서도 제대로 이해하고 있고 이미 실전(失傳)된 기술이라고 알려진 각인 예물의 제작 기술도 간직한 채였다.

애초에 지난 생에서 이 주변 땅을 이 잡듯 뒤져 탈란델을 찾아낸 이유 자체가 이것이었다. 그랑 드워프의 유적을 발견한 로렌 하트는 방주의 조사를 위해 각인에 대해 아는 사람을 찾아 헤맸다. 궁정 마법사의 권력을 이용했는데도 찾아내는 데 꼬박 5년이나 걸렸다.

그렇게 찾아낸 게 탈란델이었다. 그랑 드워프의 각인에 대해서만큼은 궁정 마법사가 인증하는 최고 전문가라 할 수 있었다.

그야말로 로렌이 스승으로 모시기에 이만한 드워프가 달리 없었다.

'왜 지난번엔 탈란델에게 배우려고 하지 않았을까?'

그런 한탄이 자연스럽게 떠오를 정도로.

"약속을… 약속을 몇 개 해라. 그럼 가르쳐 주겠다."

탈란델은 그새 늙은 듯 지친 한숨을 토해내며, 결국 타협의 말을 입에 올렸다. 금기와 욕망 사이에서 고민하다가, 전투식량을 되돌려주고 유적을 포기하느니 그냥 금기를 어기기로 결정한 모양이었다. 옳은 선택이었다.

"그 약속이 뭐냐에 따라 달라지겠지. 일단 들어나 보자."

탈란델이 실컷 고뇌에 잠겼던 반면 로렌이 여유 넘치는 표정과 목소리로 마치 이쪽은 아쉬운 거 하나 없다는 식으로 말하자, 탈란델은 입을 꾹 다문 채 몇 초간이나 로렌을 노려보더니 돌연 소리를 버럭 질렀다.

"일단 나한테 높임말을 써라, 이 건방진 꼬맹아!!"

*　　　　*　　　　*

로렌이 세 로어 엘프들을 가르친 지 어느새 2주 가까이 흘렸다. 괜히 로어 엘프가 아닌지라, 마법 습득 속도는 매우 빨라서 드디어 기초적인 주문을 마법 서킷으로 구성할 수 있게 되었다. 그 기초적인 주문이란 물론 마법 화살이었다.

"왜 하필이면 마법 화살이라는 주문이 가장 쉬운가, 그걸 의문으로 여기고 있다면 대답해 주마. 본래 엘프라는 종족에게 마법 같은 수단은 없었다. 주 무기는 활이었지."

로렌은 제자들에게 말했다.

"하지만 처절한 전투 끝에 활은 부러지고 화살도 다 떨어지고 만 어떤 엘프 궁수가 활도 화살도 없이 화살을 날리고자 하는 간절한 의지로 만들어낸 주문이 바로 마법 화살이다. 그 순간이 엘프라는 종족에게 마법이라는 힘이 내려진 순간이었다."

로렌의 이야기에 제자들은 물론, 레윈마저도 경탄했다. 레윈도 이 에피소드에 대해서는 몰랐던 모양이었다. 하기야 이것도 역사다. 사실 꼭 알 필요는 없는 에피소드다. 게다가 진위 여부도 확인되지 않은 에피소드이기도 하다. 말하자면 야사라 할 수 있었다.

"자아, 베르테르. 마법 화살을 쏴봐라."

로렌은 셋 중에서는 가장 성장 속도가 빠른 베르테르에게 그렇게 지시했다. 베르테르는 자리에서 일어나 집중해서 주문을 외우기 시작했다.

주문을 외울 때 반드시 목소리를 낼 필요는 없지만, 초보자들에게는 대개 목소리를 내게 한다. 가르치는 입장에서 주문의 완성도를 파악하기 쉽고 학생 본인도 좀 더 쉽게 자신의 주문을 이미지화하고 완성도를 높일 수 있기 때문이었다.

땀을 뻘뻘 흘리며 마법 서킷에 마력을 불어넣자, 작은 빛의 무리가 모여들어 화살의 형태를 이루기 시작했다.

『전생부터 다시』 2권에 계속…

GRAND SLAM
FUSION FANTASTIC STORY
자미소 장편소설
그랜드슬램

FUSION FANTASTIC STORY

서산화 장편소설

Miracle Direction

기적의 연출

천재 영화감독, 스크린 속 세상을 창조하다!

『기적의 연출』

대문호 신명일과 미모로 손꼽히던 여배우 김희수의 아들 신지호.

일가족은 불운한 사고로 인해 크나큰 비극을 겪는다.

이 사고로 섬광 기억(Flashbulb memory)이라는 능력을 얻게 된 그 순간!

그의 모든 게 달라졌다.

"배우의 혼을 이끌어내고, 관중의 영혼을 붙잡아야 합니다.

그게 제 목표입니다."

완전한 감독을 꿈꾸는 신지호.

이제 그의 영화가, 세상을 홀린다!

Book Publishing CHUNGEORAM